働くすべての
女性にささげる
応援歌

愛を夢のままで終わらせない

Aoji Tanasaw
棚沢青路

文芸社

はじめに

今、街をゆく女性たちは、輝いています。

携帯電話を片手に、通りを闊歩する女性。最新のファッションに身を包み、ベビーカーを押しながらショッピングを楽しむ女性。くわえ煙草で新聞に目を走らせる女性――。

家庭にあっても、職場にあっても、現代の女性はかつてないほど自由を謳歌しているように見えます。

けれども、見かけの自由なふるまいに見合うほど、心の中も解放されているかというと、どうやらそうではなさそうです。

ボディは見事にシェイプアップされていても、「心の贅肉《ぜい》」にまでは目が向かないのでしょう。小さな不安や悩みを、それこそ雪だるま式にふくらませて抱え込んでいる女性のいかに多いことか――。

私は、今を生きる女性たちに、本当の意味の輝きと自由を手に入れてほしいと思うのです。

では、そのためにはどうしたらいいのでしょうか。

心につけたいろいろな重石を取り除いて、もっと身軽になること。

あるがままを受け入れること。

そして、何事にもとらわれないこと――。

どれも、簡単そうで、難しい。けれども、難しそうに見えて、「やってみたら案外簡単」と驚くことも、実はたくさんあるのです。何かちょっとしたきっかけから、ものごとのまったく別の側面が見えてきて、霧が晴れるように目の前が明るくなったという体験は、誰もが一つや二つ、お持ちのはずです。

私自身もそうです。

目の前の問題だけに目を奪われていると、いつしか問題と自分が一体化してしまうものです。もがけばもがくほど足をすくわれる泥沼のように、解決しようと焦れば焦るほど、その問題に足をとられ、溺《おぼ》れてしまうということを、私は自分の経験から知りました。考えてみてください。自分が問題と一体化し、そこで溺れてしまったら、解決する人はもうどこにもいません。

でも、ありがたいことに、私の人生には、たくさんの出会いがあり、いつもそこからいろいろなヒントをいただくことができました。人との出会いはもちろんですが、誰かが何気なく発したほんの一言や、自分の足元に咲いている、ふだんは気にも留めなかった名も知らない小さな花との出会いだったりします。そんなちょっとしたことが、ともすれば空回りしがちな思考から抜け出すきっかけを与えてくれるのです。

もしもこの本の中で、そんな「きっかけ」を一つでも見つけていただけたら、これほど嬉しいことはありません。

心というのは、放っておくと曇ってしまって正確な像を映さなくなる、鏡のようなもの。絶えず取り出して、磨いていきたいと思っています。

目　次

㈠　こだわらないで生きよう

悩みは三つしかない

生きていると、どうしたっていろいろな感情が湧いてきます。

ときには後悔や嫉妬や焦燥感といった、不快な感情に振り回されて、身動きがとれなくなることもあるでしょう。

希望や期待や理想といった、一見前向きに見える思いでさえ、扱いようによっては苦しみの原因になるのです。

たいていの人は、

「ああすればよかった」

「こんなはずじゃなかったのに」

「どうして私ばかり」

と、済んでしまったことにとらわれながら、誰かがつくりあげた漠然としたイメージにこだわって、

「もっとああしなければ」

「このままじゃだめだ」

と、今の自分をいじめているのではないでしょうか。

とらわれない。

こだわらない。

それがなかなかできなくて、私たちは小さなことから大きなことまで、悩んだり、苦しんだりしているわけです。

でも、ちょっと考えてみてほしいのは、あなたが悩んでいることは、本当に悩む必要のあることなのかということです。

私が思うに、人が悩んでいることのほとんどは、他人のこと、過去のこと、天変地異のこと、この三つに集約されます。

三つに共通していること。それは、自分の力ではどうにもならない、ということです。自分だってなかなか変われないのですから、他人を変えようとするのは無理な話。そして、残念なことですが、過去に起きたことはもうどうしようもありません。さらに、洪水や地震を食い止められないのはもちろん、自然界の出来事は、明日の天気でさえ私たちにはコントロール不能です。

つまり、悩んでも事態は変わらないことばかり。いくらそこにエネルギーを費やしても、苦しみが減ることはありません。だったら、せめて、少しでも自分の力が及ぶことに、同じエネルギーを使ってみたらどうでしょう。

たとえば自分のこと。全部は無理でも、自分の意志でどうにかできることがきっとあるはずです。

あるいは未来のこと。過去はどうしようもないけれど、先のことなら、今からそこに向かって、働きかけることのできる何かがあるかもしれません。

私はよく、講演などで、こんなことを言います。

「笑っても一生、泣いても一生、それなら笑って過ごそうよ」

「悩んでも悩まなくても結果はたいてい同じようなものだから、それなら悩まないほうがいいじゃない」

ありのままを受け入れる

そんな言葉が自然と出てくるようになったのは、あるとき出会った禅のおかげです。

禅というと、厳しい修行を思い浮かべる方もいらっしゃるかもしれませんが、私がよりどころにしているのは、いわゆる「禅の心」です。

こだわらない、ありのまま、無。

無我夢中という言葉がありますが、夢中になると、我がなくなります。何かに必死で向かっているときは、自分は「無」になっています。

たとえば、超一流のスポーツ選手を見ていると、それがよくわかります。ひと昔前に比べると、最近のスポーツ選手はタレントや俳優以上にかっこいい人、女優やモデル以上に美しい人がたくさんいらっしゃいます。流行にも敏感で、センスもよく、ヘアスタイルやファッションには相当気をつかっているように見えます。自分を一番かっこよく見せるにはどうすべきかを、きっとよく知っている人たちなのでしょう。

そんな彼らがひとたび試合に臨むと、ふだんとはまた違う、何かに打ちこんでいる人特有の美しい表情を見せてくれます。そこには「今」という瞬間があるだけで、「自分」はありません。

それは当然でしょう。たとえば、球技で真剣勝負の真っ只中にいるとき、

「今の自分は観客の目にどう映っているだろう」

などと考えていたら、たちまち敵にボールを奪われてしまうでしょうから。

でも、私たち一般の人間が、いきなり「無」になれ、自分をなくせと言われても、いったいどうすればいいかわかりません。

私は一度、アメリカで受けたセミナーで、「無」の概念に少し近づいたと思える興味深い体験をしました。確か、「心とは何か」をつかむためのワークだったと思いますが、それは、無とは正反対のところから始まります。

一説によると、人間は一日に5万回くらい、いろいろなことを考えたり思ったりするそうです。心に浮かぶさまざまな思い、私たちはそれこそが自分の心だと信じていて、振る舞いは変

えられても自分の心は変えられないと思っています。

さて、実際のワークでは、心のありかを探るために、受講者は講師の誘導のもと、ティッシュペーパーの箱を抱えて（ここがポイントです）、「たった今、自分の心を占めていること」を次々に言葉にしていくのです。

「先生はラベンダー色のブラウスがよくお似合いで、きっと聡明な方なのだろうなと、私は今思っています」

「それはあなたが頭で考えたことにすぎず、あなたの心ではありませんね」

すかさず講師にそう指摘されると、私は心の中の夾雑物《きょうざつぶつ》を取り除くようなつもりで、ティッシュペーパーを一枚抜き出します。

講師がまた尋ねます。

「今、心の中に何がありますか」

「この間、私は不用意な発言で、人の心を傷つけてしまいました」

「それはあなたが頭で思ったことで、心ではありません」

そしてまたティッシュペーパーを抜き出します。

そうやってティッシュペーパーを一枚一枚捨てながら、心に浮かぶさまざまなことを一つずつ捨てていくうち、自分が心だと思っていたものが、頭の中で組み立てた観念にすぎないことがわかってきます。そのとき、ふっと思ったのです。

そうやって全部を取り除いたら、どうなるの？

そのあとに残るのはもしかして？

私はハッとしました。

それが禅の教える「無」という境地なのかもしれない——。

目が覚めるような思いでした。

そして、同じ作業を際限なく繰り返したその後に、今度は、

「変えなくていいものは変えなくてもいいいじゃない」

という思いが出てきます。

「こだわらないということにさえ、こだわらなくていい」

「知らないということすら知らない自分がいる」

そういうことを、そのとき肌で感じました。

今も、口ではうまく説明ができませんが、それが見えてきたとき、非常に楽になりました。

自分はこうありたい。

そして、人にはこう見られたい。

それまでの私はそんなふうに思っていました。

でも、人は自分の望むように自分を見てなんかくれません。

その証拠に、こんなことがありました。

コンピューターを用いて、生年月日からその人の性格などを割り出す「人間学」という学問があるのですが、それで診断すると、短所も遠慮なくリストアップされてきます。私自身の診断結果を見ると、私にはこんな短所はないと思うようなポイントがいくつも出てくるので、家族全員に、「あたっていると思うところに赤線を引いて」と頼んでみました。結果はといえば、自分があてはまらないと思った欠点の項目に、なんと、5本も赤線が引かれていたのです。

自分で見えている短所には、平気で自分も赤線を引けます。でも、自分には見えていない短所こそ、本当の短所なのかもしれません。

それにしても、家族全員が知っていて、私が知らない自分がいる。それは驚きでした。

自分の気づかない自分——。気づかないのだから、変えようもありません。自己イメージにこだわって、その枠の中に無理やり自分を押し込めようとしても、そこからはみだしてくるものが必ずあるということなのです。

それが実感としてわかってから、周りの人に対しても、「その人のありのまま」をまず受け入れてみよう、と思うようになりました。

「みんないろいろな苦労を乗り越えて、今ここにいるのだから、もうそれだけで完璧じゃない？」

「自殺も人殺しもしないで、ここまでやってこれたのだから、それで十分じゃない？」

「ありのままでいいじゃない？」

私も不完全。あなたも不完全。だから、ありのままでいい。悩んでいる人にはそう言って、少しでも自信をつけて差し上げたいと思うように私自身が変わっていました。

そう、自分がどんなに努力しても、どうしようもないことだってあるのです。

でも、私たちは、人間関係が気まずくなると、

「私が言ったあの言葉が気に障ったのかしら」

「この間、誘いを断ったのがいけなかったのかしら」

そんなふうに、相手の不機嫌な態度や関係のこじれの原因が、自分の側にあるのではないかと思い悩むようなところがあります。

恋愛や失恋が一番いい例でしょう。自分のせいにして、自分を責めて、つらい時期をますますつらい気分で乗り越えたりしませんでしたか？

でも、相手は相手の都合で生きているのですから、機嫌が悪いのは何かほかに嫌なことがあったからなのかもしれませんし、関係がぎくしゃくするのも、相性が悪いだけなのかもしれません。

世の中には、自分のせいでも相手のせいでもないことだってあるのです。

そういうことに気づくだけでも、生きるのが少し楽になりませんか？

変えられること、変えられないこと

最近、こんな言葉を教えてくれた人がいました。

神様、私にお与えください
変えられないことを受け入れる平安を
変えられることを変える勇気を
そして、この二つを見分ける賢さを

この言葉は、アルコール依存症者の自助グループの間で広まった、「平安の祈り」というものだそうです。含蓄のある言葉だなあと、感心しました。特に最後の一行が素晴らしい。

私たちは往々にして、「この二つを見分ける賢さ」を持てずに、変えられないことを変えようとがんばって、変えられることを変えずにじっと耐えてきたのではないでしょうか。もしそうだとしたら、その忍耐やがんばりは、見当違いな努力と言わざるを得ません。

他人の心、他人の行動は変えられない。

過去を悔やんでも、時間は巻き戻せない。

それなのに、人はどうしようもないことにこだわって苦しみ、努力次第で変えられることには、手をこまねいたまま、ただ苦しんでいる。誰にでも、思いあたる節があるのではないでしょうか。

私は先程、

「自分のこと、未来のことは変えられるかもしれない」

と書きましたが、その一方で、

「ありのままでいいじゃない」

とも書きました。

一見、相反することを言っているようですが、「平安の祈り」が、この二つの言葉をつないでくれたような気がしています。

でも、なかには大変な努力家で、完璧主義な人がいて、

「他人のことや過去のことのように、変えられないものは受け入れますが、自分のことは自分次第ですから、もっとがんばらなくては」

と、限りなく努力を続けて、くたびれきってしまう人もいます。

確かに、自分の心、自分の行動は、変えようと決意して実行すれば、ある面では変えられます。でも、自分の中にさえ、変えられないことはたくさんあります。そのことも認めて受け入れていかなければなりません。

完璧な人なんて、この世にはいません。

直そうとひたすら努力しても直らない欠点だってあるのですから、そのときは長所を伸ばしていくことを考えてみればいい。

人は、どこまでも努力しなければ意味がないというものではありません。

この言葉は、そんなことにも気づかせてくれます。

人生をリハーサルのままで終えていいの?

今の私は本当の私じゃない――。

「こうあるべき私」を高く掲げている人は、たいていそんなことを思っています。

そして、

「もっと自分の能力を活かせる仕事が見つかれば」

「自分の性格を変えられたら」

「ダイエットに成功してもっときれいになれば」

「あの資格を手に入れたら」

「彼が(夫が)振り向いてくれたら」

「年収がいくらを超えたら」

「そのときから」、自分の本当の人生が始まると考えているわけです。「それまで」は、仮の自分。やりたいことは、「本当の自分」になってからじゃないとできないと思い込んでいるので、「今」という時間をそれまでの準備期間のようにとらえて生きています。

実際は、「仮」も「本当」もなく、自分は自分、人生はすでに始まっているし、やりたいことのほとんどは、今のままでも始められることなのに――。

「やせるためにエアロビクスを始めたいけれど、今の体型ではレオタードが似合わないから、もう少しやせてからじゃないと」

なんて笑い話みたいなことを、本気で言う若い女性がいます。はたで聞いていると、その発想がいかに本末転倒かよくわかりますが、「こうでなくちゃ」と思うあまり、かえって足を踏み出せなくなった経験は、誰にでもあるのではないでしょうか。

でも、そうやって、スタートをいつまでも切らないでいたら、ずっとリハーサルのまま人生は終わってしまいます。

どうしてそういう人は、「準備期間」を終えられないのでしょう。「本当は、この不完全な人生こそ、自分の人生なんだ」と受け止めるだけの勇気が持てないからかもしれません。

その時、「こうでなくちゃ」は、一歩踏み出せない自分への言い訳でしかありません。「これがクリアできたら、あとは何でもうまくいくはず」は、「まだクリアできていないから、何をやってもうまくいかない」へと、すぐに転換してしまいます。

そもそも、「こうでなくちゃ」「これがクリアできたら」という条件は、いったいどこからきているのでしょう。自分で自分に課しているようでいて、よくよく考えると、漠然とした他人の目を意識していることが多いのです。

あなたの人生の主人公はあなた

禅には「主人公」という言葉があります。

自分の人生は自分が主人公で生きなければいけない、誰かの人生の脇役になってはいけない、禅はそう教えています。

自分の人生なら、本来、シナリオを書くのも自分、演じるのも自分のはず。それなのに、「他人の目に映る自分」ばかりを気にしていたら、他人のシナリオの中の脇役にしかなれません。

たとえば、あなたは今、A子さんとおしゃべりをしているとします。

(彼女は今、私の話にうなずいているけれど、本当に同意してくれたのかしら？　うなずくのがこの人の癖なのかもしれないし)

(私が言ったことを、彼女はB子さんにどう話すのかしら)

そういうふうに考え出したら、あなたはA子さんの人生を生きることになってしまいます。

でも、上司の目、恋人のふるまい、友達の一言、お隣さんのあいさつのしかた——そういう他人のまなざしが気になって、

(あの人はいったい何を考えているんだろう)

(私はどう思われているんだろう)

そんなことばかりを思い煩っていたら、いつまでも主人公にはなれません。

だから私は、たとえ「あなたのことを○○さんはこう言ってたわよ」と告げ口されても、あまり気にしないのです。

第一、本当かどうかよくわからないじゃありませんか。誰かが私のことを悪く言い、その場に同席していた○○さんがそれを否定しなかったというだけで、「○○さんも言った」という話になってしまうことだってありますから。

それに、人間はさほど本気で思っていないことでも、そのときの気分や、その場の雰囲気で、つい口にしてしまうことだってあります。かくいう、私自身がそうです。おっちょこちょいで、おまけにちょっと毒舌風のところがある私は、たまに調子にのって、つい口をすべらせてしまうことがあります。そんなときは、うっかり誰かを傷つけているのでしょう。でも、こちらも同じように傷つけられることもあるのですから、お互い様。そう思って、水に流してしまったほうがよくありませんか?

人から伝わるとオーバーに聞こえますが、もしかして、相手は冗談のつもりで言った軽い一

言だったのかもしれないのに、それを重く受け止めていつまでも気にしていてもしかたありません。

もともと私は、人づてに聞いた話をそのまま受け取らないところがあります。信じない、という意味ではありません。一度飲みこんで、それが自分の中で消化されたときに初めて納得するタイプの人間なのです。

たとえば、玉石混淆《ぎょくせきこんこう》という言葉がありますね。玉のように優れたものと、石のようにつまらないものが入り混じって区別がつかない状態をさす言葉ですが、私は実際に中国のゴビ砂漠に行ってびっくりしました。瑪瑙《めのう》だとか翡翠《ひすい》だとかが、本当に石ころや砂にまじってそこいらじゅうに散らばっているんですから——。

自分の目で確かめたとき、初めてその言葉の本当の意味がわかるのではないでしょうか。

他人は自分と違ってあたりまえ

結局、自分は自分、他人は他人です。

感じ方や考え方はみんな違ってあたりまえ。

最初からそう思っていたら、いろいろなことがすごくうまくいくのではないでしょうか。

ところが、私たちのほとんどが、

「自分がしてもらって嬉しかったことを、人にもしてあげなさい」

と教わって育っています。

一面では正しいかもしれませんが、やはり自分と他人は違うのですから、この言葉どおりに振る舞うと、相手にかえって負担をかけてしまうことだってあるはずです。

たとえば、夕食が済んだ後にご近所からお刺身などをいただくと、実のところ、本当に困ります。生ものですから処分をしなければなりません。お醬油漬けにして翌日食べたとしても、くださった人の心のままを食べることはできません。

切り花をもらって嬉しい人、根つきの花をもらって嬉しい人、花なんか全然嬉しくない人、いろいろです。私は花が大好きなのですが、大病を患って入院していた時、切り花の籠がズラッと並んでいるのを見て、少々げんなりしてしまったことがあります。お心はありがたいと思いながら、病んだ体ではお水を取り換えるだけでも大変で――。

もちろん私にも、その手の失敗はたくさんあります。

華やかな場所が苦手な方だと知らずに、強引にパーティーにご招待してしまったり、贈り物が心の負担になってしまう方に、出張や旅行のたびにお土産を買ってきてしまったり。

あまり気にしすぎたら何もできなくなりますが、自分と他人は違うということさえわかっていれば、相手の状況を考える客観性も生まれるでしょうし、「おしつけがましさ」を感じさせない工夫もできるようになるのではないでしょうか。

そして、他人と自分は違うとわかった以上、「自分が相手にしたこと（してあげたこと）」と、「それに対する相手の反応」とをごっちゃにしないことです。

「こんなに親切にしてあげたのに、あの人は何も言わない」

ではなく、

「親切にしてあげました。そして、あの人は何も言いませんでした」

そういうふうに、切り離してみてください。「のに」を「そして」に変えただけで、生き方がやさしくなります。

(二) 病気が教えてくれたこと

今日一日をいかに生きるか

私が好きな禅の言葉に「日日是好日」があります。

これは、中国唐代末の高僧・雲門禅師の言葉として現在まで伝えられているものです。

ある日、雲門禅師は悟りを得ようとして修行をしているお弟子さんに、

「悟りを得たのち、おまえたちにはどのような働きができるのか」

と尋ねました。しかし、まだ悟りを開いていない弟子たちは答えに窮してしまいます。

そこで、雲門禅師自身が、「日日是好日」と自問自答されたという話です。

しかし——と、弟子たちは考えました。悟ったからといって、毎日毎日が好い日ばかりとはかぎらない。雨の日もあれば風の日もあるではないか。そんな日でも、悟れば日日是好日なのでしょうか、と。

雲門禅師の答えはこうです。

「雨の日は雨の降るまま、風の日は風の吹くままで好いではないか。それがみな好日なのだ。好いことがあったり、悲しいことがあったり、嬉しいことがあったりして、それをそのまま己の人生として生きていくということが悟りであり、その人の一生なのだ」

どんな日であっても、一日一日が素晴らしい——。

それは、私自身の思いそのものでした。
二十代の時に筋無力症という難病を患って、死の淵をさまよった経験から、私にとっての一日は、どの一日をとってもかけがえのない一日だと感じていたからです。
ありのままを肯定し、
とらわれのない心で
今日一日を大切に生きる——。
そんな生き方を説く禅の心は、「毎日を精一杯生きよう」と心に決めた私の魂にぴったりと重なるのです。

あと三カ月の命と言われて

それはある晩、突然起こりました。

布団で寝ている私の体に、ものすごく重い何かが急に覆いかぶさってくるのを感じました。息もできないような苦しさでした。

最初私は、強盗か何かが押し入り、数人の男に押さえつけられているのだと思いました。そう信じてしまうほど、圧倒的な力で私は締めつけられていたのです。

やっとのことで、こわごわ目を開くと、誰一人いませんでした。そこにいたのは、茫漠とした夜の闇の中で、全身に汗をかいて荒い呼吸をしている自分だけ――。

恐ろしくなって慌てて枕元のライトをつけ、立ち上がろうとした時です。

私は歩けないことに気づきました。

そして、私は入院したのです。

私を襲ったのは、現在では「筋無力症」と呼ばれている病気でした。これは、筋肉の著しい疲労によって、日常生活もままならないほど筋力が低下してしまう病気です。

通常、私たちの体は、脳からの指令を神経が受け、それを電気信号として筋肉に伝えることで動かされています。筋無力症の場合、何らかの理由で、こうした神経から筋肉への信号の伝達が円滑に行われないために、筋力低下や脱力感といった症状が起こるのだと説明されています。胸腺やリンパ球の異常による、自己免疫疾患ではないかと考えられていますが、まだ原因はよくわかっていません。罹患《りかん》率は十万人に三人という難病です。

筋無力症という病名が、当時の医学用語にあったのかどうか、わかりません。そのときは病名どころか、自分自身に何が起こったのかさえ、まったく理解できない状態でした。

ただ、意識ははっきりしていました。それなのに、体のほうはまったく思うようにならず、食事ひとつするにも、箸が重く、食べ物を嚙むのもだるく、まるで自分の体が自分のものではないような感じがします。

私は金縛りにあったことはないのですが、金縛り経験者の話を聞いていると、筋無力症のあの状態は、金縛りが二十四時間延々と続いているような感覚に近いのではないかと思います。首や肩、それに腕の筋肉に脱力が起こり、それが腰から下肢へと広がっていきます。やがて、握力は2kgくらいしかなくなり、自分の意志ではもうほとんど体を動かせない状態になっていました。赤ちゃんでも握力は2kg以上あるといいますから、その不自由さはご想像いただけるでしょう。

まぶたが自然に下がってきて目を開けていられなくなったり、逆に目をしっかりと閉じていられなくなることもありました。眼球が動かなくなり、左右の目の焦点が合わず、ものが二重に見えることもありました。

顔やのどの筋肉に障害が及ぶと、ものを嚙むことはもとより、飲み込むことも、声を出すこともできなくなります。ときには呼吸が麻痺して命に危険が及ぶようなことも度々ありました。それこそ、あの世に連れていかれ、またこの世に返され、ということの繰り返しでした。

ベッドで仰向けになっている私の目に、嘆きや哀しみの表情を浮かべた見舞い客の顔が入れ代わり立ち代わり映りますが、私は彼らに声をかけることもできません。せめて、目で何かを語れたら――。

そう願って一所懸命に目で訴えようとするのですが、私は瞳の輝きまでも失ってしまったのでしょうか、何も伝えることができません。

入院してしばらくは、検査ばかりの日が続きました。筋力の回復度や、甲状腺や胸腺の異常を調べる免疫学的な検査など、一通り調べ終えた頃のことです。私の枕元で、医師が両親に話しかけている気配を感じました。

先生は私には聞こえないだろうと思っていたのでしょうが、私は朦朧《もうろう》としながらも、その声を聞いてしまったのです。

「お気の毒ですが、あと三カ月もてばいいほうでしょう」

ずっと死にたいと思っていたのに

入院してからの私は絶望感にとりつかれていました。自分の体が自分で動かせないことへの苛立ち、怒り、哀しみ、絶望――。

「もう、死んでしまったほうがいい」

自分でも驚くほどにはっきりと、自分の声が聞こえました。

「灰色一色のこの病室で、寝たきりのまま一生を過ごすくらいなら、自殺したほうがましだ」

頭に浮かぶのはそんなことばかり。

そう、自殺をしなかったのは、自分で体を動かせないから、その術もなかったというだけのことだったのです。

ところが、「あと三カ月の命」という言葉を耳にしたとたん、自分の中からまったく別の声が聞こえてきました。

「生きたい！」

「なんとしてでも生きたい！」

もう生きられない、と知ったとたん、生きることへの執念というのか、情念というのか、何だかわからない強烈な欲望が泉のごとく湧き出てきたのです。

「寝たきりのままでいい。ずっとこのままでもいいから、私を生かしておいてほしい」

魂から溢れ出る、声にならない叫びが圧倒的な強さで私の自殺願望を吹き飛ばしていました。

その直前まで私の世界を支配していた「死への誘惑」は、一瞬にして「生への執着」へと転じたのです。

「それっていったい何？」と聞かれても、答えようがありません。自分でもわけがわからないのです。どこにそれほどの生への欲望が眠っていたのかと、我ながら驚きました。でも、その欲望の強さが結局は私を救ってくれたのだと思います。

あと三カ月と診断されたとたん、見舞い客が殺到しました。なんと一カ月で六百人もの友人、知人が病室を訪ねてくれたのです。その事実こそ、残された時間がわずかしかないことを私に告げていました。

これだけたくさんの人がなぜ――。その意味を思い、恐れおののきながらも、やはり私は人が訪ねてくれることを歓迎していたのでしょう。寝たきりで何もできない私は、見舞い客を迎えるのに、せめて会話だけでも明るいものにしたくて、頭の中でおもしろい話題を一所懸命考えていました。今度あの人が来たらこの話をしよう、あの話をしよう——と。

そんな思いもあって、見舞い客の前では、自分でも気づかないうちに無理をしていたのでしょうか、面会時間が終わる頃になると、私の体は全身に汗をかき、消耗しきっていました。それがたたって、とうとう面会謝絶にされてしまったのです。

その頃の私には、文庫本一つ持つ力もなく、面会謝絶が言い渡されたあとは、ベッドに横たわったまま、苦しみに耐えるだけの日々が続きました。それでも、そんな状態の私にもできることが、ただ一つだけ残されていたのです。

それは考えること。

そして私はひたすら考え続けていました。

私が今、ここに生きていることの意味を。

私にもう一度「生」を与えてくれたもの

そんなに大変な病気から、いったいどうやって生還したのですか——。

きっと誰でも——そして、元気に飛びまわっている現在の私を知っている人ならなおさら、そんな質問をしてみたくなることでしょう。

でも、残念ながらこの質問の答えには、正解というものがありません。ですから、私はそのつど自分でも考え考え、お話ししてきました。

私はこの病気の体験を得て、「回復」と呼ばれているものが、一般に考えられているほどにはシンプルなものではない、ということを知ったような気がします。また、同時に、一般に考えられているよりも、ずっとシンプルなことだったのかもしれない、と思ったりもします。

ころんで擦りむいた傷が治っていく過程を見ていると、そこに働いている治癒のシステムがとても整然としていることに驚かされます。その一方で、ほんの小さな傷でも、たとえばそのときひどく心を病んでいて、免疫力が低下していたら、それが致命傷となることだってあるのです。

私に「生」を与えてくれたもの、あるいは、私がもう一度「生」を授かるきっかけをつくってくれたものが何だったのか、それは誰にもわからないでしょう。でも、私が「これではないか」と思っているものでよければ、お話しできるかもしれません。

一つは、生きたい、という私の強烈な思いです。

間近に迫った死のリアリティが私にもたらした力と洞察、そして、それらがその後の私の人生に与えた影響については、この本の中で少しずつお話ししていくつもりです。

もう一つは、「ご神水」と呼ばれていた「水」です。

それは入院して三カ月ほど経った頃、叔母が病室に届けてくれた水でした。使い古した一升瓶に入れられたその茶色い水で、病気が治るなどと信じていたわけではありません。私はただ、生への強い執着から、祈りにも似た気持ちでその水を口に含んだのです。

その水を毎日飲み始めてから、わずかずつではありますが、日一日と体が目覚めていくのを感じるようになりました。

指先に感覚が、唇にかすかな動きがよみがえり、カーテンを透かしてきらめく太陽の光が、私の目の中に差し込んでくるようでした。

三カ月であの世に行く予定だったのに、あの世ではなくトイレに行けるようになりました。それから徐々に快方へと向かっていったのです。

その水が、私の体内で消えかかっていた生命の源に息を吹きかけ、私を温め、感覚と意志をよみがえらせる小さな炎となったのだと、私は確信しました。

いずれ私は、その水に含まれたミネラル・イオンこそ、私をよみがえらせた「小さな炎」の正体だったという結論にたどりつくことになるのですが、その時は「ご神水」の成分どころか由来すら知らなかったのです。

そして、それが会社設立への道につながっていくことなど、当時の私は知る由もありませんでした。

「生かされている私」がすべきこと

私は何度も死の淵をさまよいながら、そのたびにこの世に連れ戻されてきました。

いったい、それはなぜ？

私は何のため生かされたの？

生まれたばかりの赤ちゃんほどの握力もない私は、文庫本一つ持つ力もなく、できることといえば「考えること」しかありません。

本も読めず、テレビを見ることもできず、面会謝絶を言い渡されながら、私は自分が今、生かされている、その理由はなんだろうと考え続けていました。

その頃の私は、毎晩ベッドの中で目を閉じるのが怖くてたまりませんでした。明日は目覚めないかもしれない、このまま死んでしまうかもしれないという、とてつもない不安が襲ってくるからです。

そんな不安に襲われるたび、

「このままでは終わりたくない」

という思いがふつふつと湧いてきます。

そしてそれは、

「生かされた以上、私にはすべき何かがきっとある」

という確信へと変わっていきました。

そしてある日、「使命感」ともいうべき何かが、私の中で次第に形になっていくのを感じました。

そうだ、私は一人一人の女性をより豊かに、より美しくするためにこの世に生まれてきたんだわ——。

神の啓示を受けたかのように、はっきりとしたビジョンが浮かんできました。

「女性が社会の中で生き生きと活躍できる場所をつくりたい」という私の思いは、病に倒れる以前、ＯＬをしていた時代に芽生え始めていたものです。病床で見えてきた「使命感」は、社会に出てからずっと抱いていた問題意識にその原点があったのでしょう。

私は、「仕事をするにも何をするにも、組織を見なければいけないよ」と言う父の言葉に従って、大学の経済学部を卒業したあと、建設会社に就職しました。そして、そこで見たものは、女性の地位の低さです。その会社には男性が三千人くらい働いていましたが、女性は六十名くらいしかいませんでした。女性社員は正式には社員ではなく、「傭人《ようにん》」と呼ばれているような時代です。傭人というのは、雑用係というような意味で、そんな言葉に見合う程度の地位と仕事しか与えらず、女性のほとんどは縁故入社の、いわばお嫁さん候補みたいなものです。どんどんお嫁さんに選ばれて、どんどん辞めてくれ、というのが会社側の本音だったのでしょう。

これではいけない、と感じながら、同時に女性の側にも責任があるという事実も私は見逃せませんでした。それは「甘え」です。女性であることに甘えている以上、女性の意見が企業社会の中で反映されないのは、ある意味で当然です。

女性たちが甘えをなくして自立しながらも、本来の女性らしさを失わずに能力を発揮できたらいいのに——。

ＯＬ時代に漠然と抱いていたそんな思いが、死の淵をさまよったおかげで、はっきりとした「使命感」となってよみがえってきたのです。

私はただベッドに横になっている毎日の中で、与えられた「使命」を果たすために何ができるのか、ひそかに考え続けました。

㈢　夢をどこまでも追いかけて

ミネラルとの運命的な出会い

生きたい、生かしてほしいと私は願い、そしてその願いは聞き入れられました。

私の願いを叶えてくれたのは、神なのか、仏なのか、どのようなお姿であるのか、どうして私のようなものを助けようとなさっておいでなのか、何一つわかりません。ただ、その時私は、人間には想像もつかないほど深く、とてつもなく大きな力がこの世に存在していることを感じました。そして、その偉大な力に生涯感謝することを忘れてはならないと心に誓ったのです。

徐々に健康を取り戻した私は、「ご神水」の正体を知るための旅に出ました。

「あのお水で私が助けられたのだから、今度は助ける番にまわろう」

そんな思いでした。

私に「ご神水」を持ってきた叔母はもう亡くなっており、手掛かりはほとんどありません。病気のさなかにあって、その水の由来を尋ねる余裕はなく、覚えているのは「友人からいただいた」と叔母が話していたことだけです。「ご神水」と呼ばれているだけで、出所や成分さえもわからない。ともかく貴重な鉱泉水であるということだけを頼りに、全国を探しまわりました。

ある人は、箱根の山中にあるといい、またある人は、信州の山深くに産するといい、私はそのつど、喜び勇んで出かけました。

ある日、友人との会話の中で、私がその水を探していることに話が及ぶと、思いがけず彼は言いました。

「そういう水については聞いたことがある。もしかしたら、東北地方にあるものと同じかもしれない」

早速訪れると、その地方では、「病気になったら山の清水を飲め」と語り伝えられていること、また、この清水で傷口を洗うと早く治るという話を、土地の人々から聞くことができました。

そしてそれは、叔母からもらった水と、色や味がよく似ていました。

なぜ、この清水が病気を癒し、人々に生きるエネルギーを与えてくれるのだろう。知りたいことが次々に湧き出てきます。

私はこの水の成分を調べることに努力を傾けました。そして、ミネラルの勉強も始めました。私の情熱を理解し、共感し、手を貸してくださる何人かの方々と出会うこともできました。そのおかげで私はついに、自然界が与えてくれた神秘の力、ミネラル・イオンに巡り会うことができたのです。

(三) 夢をどこまでも追いかけて

当時の日本ではミネラルの研究はあまり進んでいませんでしたが、最近では健康を維持するために不可欠な栄養素であるということが、一般にも知られています。

ミネラルはビタミンと協力して三大栄養素の働きを助け、身体の生理機能を円滑にするだけでなく、神経と筋肉の情報伝達にも深く関わっています。そのため、ミネラルの欠乏や、ミネラル・バランスの乱れがもたらす弊害は、心身の健康に大きな影響を与え、場合によっては深刻な病気を引き起こしてしまうのです。

それほど重要な栄養素ですが、体内では作り出すことができないので、食生活のライフスタイルによってはすぐに不足気味になったり、バランスが崩れてしまうのです。

土は、ミネラルの宝庫――。つまり、岩清水を飲むと体に良いとされている言い伝えは、科学的根拠がちゃんとあったのです。実際、岩清水が体に与える効果は、ミネラル・イオンを多量に含んでいるからなのだという事実が、国立医薬品食品衛生研究所（旧国立衛生試験所）の検査によって立証されています。

ところで、ミネラル・イオンの「イオン」とはなんでしょうか。

わかりやすくいえば、電気を帯びた粒子のことです。

物質の最小構成単位である「原子」、または原子が集まった「分子」が電子を得るか失うかした状態になったとき、これをイオン化と呼んでいます。

そして、空気中にはマイナスイオンとプラスイオンという二種類のイオンが存在しています。

私たちは食物を食べ、栄養を摂っていますが、それだけでは生命を維持することはできません。生態イオン化物質というものの働きによって、初めて食物を消化し、栄養として吸収し、新陳代謝を行うことができるのです。

もう少しだけ説明しましょう。細胞の内側にマイナスイオン、外側にプラスイオンが多く存在していると、細胞全体が正常に働きますが、細胞内にマイナスイオンが少なくなると、栄養の吸収や老廃物の排出がスムーズにできなくなってきます。すると、新陳代謝が悪くなり、全体の生理機能も衰え、血液が酸性化し、さまざまな病気へとつながっていくわけです。

ハイキングや登山などで、高いところへ登ると空気がおいしく感じられ、すがすがしい気分になり、食欲もわいてきますね。それは、空気中に含まれているマイナスイオンが多いためなのです。

神様はその人に合った困難しかくれない

私を癒してくれたミネラル・イオン水。それを主な成分に使った化粧品の開発・販売を主体として、私が「株式会社エレガンス」を設立したのは昭和五十二年六月のことでした。

私は当時、メーク・アップにはあまり関心がありませんでした。女性の生き生きとした美しさを引き出すには、何か別のアプローチも必要ではないかと感じていたからです。外側を飾るのではなく、身体の内側の健康から見つめた化粧品を作ろうと考えました。

現在私共が扱っている化粧品の特質は、私たちの生命の原点であるミネラルを中心に、それに順応する素材で作られている点にあります。当然、鉱物油や香料、ホルモンなどは一切含まれていません。使用方法もできるだけ簡素化し、季節や肌質を問わず使えるような商品を目指して開発しました。

私は当初、悪い成分はあってはいけないからと、自分のところで開発した商品を十年間使い続けることに決めました。同時にかなりの数の人にモニターになっていただき、やはり十年間使っていただくことにしたのです。

「十年使って良かったら」、会社を作ろうとひそかに決心していましたが、九年目にイオン系の化粧品が売り出されたことをテレビコマーシャルで知りました。ぐずぐずしていると、私が十年かけてやってきたものが二番煎じになってしまいます。これはいけないと、急遽計画を変更し、一年早めて会社を設立したのです。

二十代の若さで突然病に倒れ、死の宣告を受け、毎日病院の天井を眺めて暮らしていた私――。でも、不思議です。肉体的にも精神的にも辛く、苦しかったその闘病生活を経なければ、私は「使命感」を抱くこともなければ、ミネラルと出会うこともなかったでしょう。

ある人は私に「転んでもただでは起きない人ですね」と、笑っておっしゃいました。そうなのかもしれません。

私はいつも思うのです。

神様はその人に合った困難しかくれない、と。

だから私は、この会社が世の中に必要である限り、倒産することは決してないと思っているのです。

「わたしは〝かあさん〟だから〝とうさん（倒産）〟はしないわよ」

「それに、名前も〝あおじ（青路）〟だから、黒字にならなくても、赤字にはならないわ」

そんな冗談を言いながら、無理せず、地道に歩んできました。

女性の能力を社会に還元するために

病の床でイメージが明確になった私の「使命感」は、建設会社でOLをしていた時代に芽生えたものだとお話ししました。入社して数年後、労働組合から命ぜられて委員をやっていた時期があり、その時の活動を通して、女性の地位をもっと向上させなければいけないということ、そして女性自身がもっと自立しなければいけないことを私は痛感していたのです。そして、「女性が生き生きと働ける職場を作れたらいいなあ」と思うようになりました。

当時、アメリカではウーマンリブのかけ声のもと、女性の社会参加への運動が盛んになりつつありましたが、日本の女性の意識はまだまだそこまで追いついていませんでした。ごく一部の進歩的な人たちの活躍を除いて、女性の社会参加という点では、日本は欧米の足元にも及ばない時代です。自分が社会人となり、日本における現状を知る機会を得て、女性ももっと、自分の目で現実の社会を見たり、仕事を通して自己実現したりできる世の中になってほしいと感じるようになりました。

今でこそ、法律の上では雇用の際に男女を差別することは許されないと規定されていますが、当時は、まず女性が女性らしく働く会社ができればと、そのことに懸命でした。

ある生命保険会社の人からこんな話を聞いたことがあります。

生命保険の外交員になったあと、どれくらいの営業成績を残せるかというと、一人の外交員が契約を成立させられる数の平均は、六件くらいだそうです。親戚縁者を中心にしても、そのくらいの加入者は何とか獲得できるそうで、六人紹介してくれたら辞めてくれていいんだと、その保険会社の人は言うのです。外交員の方がいくら努力しても、彼女たちが獲得した六人の加入者という財産は保険会社のもの。あとは辞めてもいいだなんて、労働力として使い捨てられているということでありませんか。これでは女性が自立していけません。

だから私は、自分がビジネスを始めるとしたら、何とか再注文のある商品にして、その人の努力次第で仕事を広げたり、長く続けたりできるような形にしたいと考えていました。そこに、ミネラルとの出会いや、「女性にもっと美しく、もっと豊かになってほしい」という願いなどが加わって会社を設立し、「エレガンス」の商品が生まれたのです。

その頃はまだ、化粧品に含まれる成分の科学的根拠などより、商品の与えるイメージのほうが、より強く消費者の心を支配していた時代。容器の美しさや香りの良さなどばかりが優先され、香料や防腐剤がたっぷり入ったような化粧品が多かったのです。

だからこそ、私は最初から中身で勝負するつもりでいました。容器にはお金をかけず、肌に負担をかける成分は一切使わず、本来肌に一番良いものを追究して、内容を充実させることにエネルギーを注ぎました。今でこそ無添加や自然派化粧品が注目されていますが、そういうことを全面的に打ち出したのは、私共の会社が初めてだったのではないかと思います。

私には、働く場所のない女性に職場を提供できたら——という思いが一貫してあります。目的が明確だったので、儲かる儲からないということはさておいて、まずネットワークづくりに専念したのです。啄木の「こころよく　我に働く仕事あれ　それをし遂げて死なむと思ふ」ではありませんが、とにかく成し遂げなければいけないという気持ちでした。そういう信念のようなものがあったから、これまでやってこられたのでしょう。そして、そんな私の主義主張を理解して、ご賛同いただいた方々のおかげで、私は夢を追い続けることができたのです。

「商品」は媒介、伝えたいのは「愛」

私共の会社では、独自に企画・開発した化粧品や健康食品、洗剤の販売を手掛けています。

しかし、「もの」を売っているつもりはありません。おかしなことを言う、とお思いでしょうが、次のような思いがあるからです。

この数年、老人介護が大きな社会問題になっていますが、老人病棟勤務の看護婦さんの多くが、「臭い」が原因で辞めていくということを皆さんはご存知ですか?

ケアする人たちが臭いの問題で困っている。志の高い看護婦さんたちも、その何割かが臭いに耐えられず職場を去ってしまう。

我慢すればいいじゃないか、というのは、直接携わっていない人が言える言葉です。それよりも、臭いがとれるような何かがあれば——と私は思いました。

そんな発想が、つい最近、「ムッシュ・ナール」という商品の誕生につながりました。これは、私共の会社が食品メーカーや製薬会社と共同で開発した、老人介護用のゼリー状の食品です。

人間は四十歳を過ぎると、ノネナールと呼ばれる加齢臭の原因物質の一つを体から発散させると言われています。「ムッシュ・ナール」は、これを飲むと、体臭、口臭、そして、排泄物の臭いを改善できるという健康食品です。食べ物を摂ると、小腸でアンモニアやメチルメルカプタンなどの臭いのもとが発生し、それらが血液を汚し、肝臓にも負担をかけます。「ムッシュ・ナール」は、そうした腐敗臭が発生する前に、腸の中で臭いのもとに働きかけるのです。

これまでも、錠剤になった類似商品はありましたが、老人には飲み込む力がありません。そこで、嚥下《えんげ》能力の低下した老人でも吸い込めるようにゼリー状にしたのです。

介護というのは、する側もされる側も大変です。特に下の問題はデリケートです。私自身、最後まで尊厳を失わない生き方をしたいと思っている人間なので、介護される側のつらいお気持ちもよくわかります。臭いが消えれば介護している側もされる側も、助かるでしょう。

看護婦さんや、ケア・ワーカー、在宅で介護なさるご家族の負担を少しでも減らして差し上げたい。そして、介護されるご本人のお気持ちを少しでも楽にして差し上げたい。私たちが伝えたいのはそういう「思い」なのです。「ものを売っているわけではない」という言葉の意味は、そこにあります。

化粧だけで人は美しくなれない

ですから私は、化粧品についても、「ものを売る」という観点では考えておりませんでした。化粧品を開発し、販売しているにもかかわらず、講演などで私はいつも、化粧だけでは美しくなれない、とお話しししています。

なぜって、人の顔の中で、どの部分が光っていたら一番チャーミングに見えるかといえば、それは目だと思いませんか？　人の魅力を一番左右するのは瞳の輝きでしょう。そして、残念なことに、顔の中で一つだけ化粧ができないところ、それが瞳なのです。

ですから、「笑顔に勝る化粧はなし」と、私はいつも話します。

そして、この顔は自分では絶対に見られません。鏡で見る顔は左右が反転していますし、無意識の状態にある時の自分の顔は見られません。ということは、この顔は、自分のためではなく、他人様のためにあるということです。怒った顔も美しい、なんて言えるのは、オードリー・ヘプバーン以上の人じゃないかしら？　普通の器量なら笑っている顔のほうがいいでしょう？

女性はみんな、鏡を覗く時、案外いい顔をしているものです。でも、電車のガラス窓やショーウインドーを見るともなく見た時、そこに映った自分のくたびれた顔に、思わずドキッとしたことはありませんか？　どこか陰鬱《いんうつ》だったり、生気がなかったり――。

私のデスクのすぐそばの壁に、全身が映る大きな鏡がかかっています。それはなぜかというと、人が訪ねてきた時に、その鏡に自分を映してからでないと社長室を出ていけない時がたくさんあるからです。

社長業というのは、たくさんの方々にサポートしていただきながらも、最終的な結論は自分一人で出さなくてはならない孤独な一面がありますし、重要な決断を下すのに、あと一分、あと一秒しか時間がない、といった緊迫した状況に耐えなくてはならないこともあります。それから、ミスを犯した社員に注意をする時、声を荒げてしまうことだって時にはあるでしょう。そんなときに来客があれば、感情をパッと切り替えなくてはなりません。そのために鏡が必要なのです。自分の顔を映して、一度ニコッと笑って、そのままの顔で出ていくのです。

それでも笑えない時は、どうするか――。スキップするんですよ。社長室で私がスキップしている姿なんて、想像したらちょっと滑稽かもしれませんが、そうやって私は自分をコントロールしています。

そういえば、私が仕事を始めた時、父はこう教えてくれたものです。

「青路、仕事というものは君が考えているほど易しいことではない。頭の中だけでできる仕事というものはないのだよ。人は考えだけで動くものではない、感情で動くことのほうが多い。君がもし、自分の感情を二十分で変えることができないようなら、仕事は辞めなさい。周囲の人たちが迷惑することになるから」

この時私は、実に素直に納得したものです。今ではもう、仕事上のことなら二十分どころか、鏡に向かった瞬間、パブロフの犬のように反射的に感情を切り替えることができるようになってきました。それも訓練です。

㈣

人生はすべて自分次第

自分以外のところに原因はない

筋無力症は、何か大きなショックがあった時に起こることが多いと聞いたことがあります。けれども当時の私には、その原因として何一つ思いつくようなことはありませんでした。

でも、しばらくあとになってから気がついたことがあります。ひょっとすると私は、病気になって自分の人生に言い訳をしたかったのではないか、ということです。

発病した当時、私は学校時代の先輩たちから、同窓会の校友会などに関するさまざまな仕事を振られ、それが積み重なって九つもの案件を抱えていました。

経済学部出身の先輩たちは、女性でも自立して活躍しているキャリアウーマンが多く、卒業してまだ間もない私は女子部の委員の中では一番下っ端です。それだけに、背伸びもあったのでしょうか、仕事ができないと思われたくない、薄情な女だと思われたくない、能力のない女だと思われたくないという一心で、頼まれた仕事を全部引き受け、一つも断りませんでした。本当は自分の能力のキャパシティを超えていたのに、期待はずれだとがっかりされたくないという気持ちだけが強かったのです。

自分の能力ではもう無理だということを認めることができず、それを言い出せなかった私は、心のどこかに、「もし病気になって入院でもしたら、仕事ができなくても許してもらえるのではないか」という気持ちがあったのではないかと思うのです。

いざ病に倒れると、私は病気になった原因をすべて周りのせいにしていました。

「こんな体に生んだ親が悪い」

「私より早く生まれた姉が、病気の遺伝子を持っていってくれなかったのが悪い」

「どうして私だけがこんな遺伝子を受け継がなきゃならなかったの？」

みんな他人のせい――いいえ、本当は違います。自分のせい、自分がつくった病気。それが見えてきたら、薄皮をはぐように良くなってきました。

少し良くなると、病院を抜け出してパーティーなどに出掛けたりできるようになり、いやなことでは体が言うことをきかなくても、楽しいことをやっていれば、結構動けるということに気づきました。

健康というのは、健やかな体に康らかな心、と書いて「健体康心」、それを縮めて健康と言うのだそうです。なるほどな、と思いました。心が健全でなかったら、健康とは言えません。心の問題がすべて体への影響となって現れているというのが、今の私にはわかります。

回復の過程で、個室から六人部屋に移った時、不思議なことに気がつきました。隣のベッドのご年配の女性が、普段はとてもお元気そうなのに、先生や看護婦さんを前にすると、突然、どうしようもなく具合の悪い、重病人に変わってしまうのです。なぜだろうと気になっていましたが、その女性は、先生も看護婦さんもいない時、嫁姑の問題がこじれていて、家に帰りたくないのだとおっしゃったのです。帰りたくないと思っていれば、病気は重くなるでしょう。その時も感じました。この人は本当は肉体は健康なのかもしれない。でも心を病んでいる、と。

だから私は、すべてとは思いませんが、病気だってなりたい人がなっていると思います。もちろん、病気の原因がそれだけだとは思いませんが、私は自分自身のことを振り返って、そう思わずにいられませんでした。

結局、自分以外のところに原因はないのです。自分の人生、他人のせいにはできないのです。

「青い鳥」も「青い芝生」も自分の中に

筋無力症が完全に治るまでには、十年以上かかりました。会社を興す時にもまだ引きずっていました。日常生活に支障のない程度には回復はしていましたが、長い間、重いものは持てませんでした。少なくとも、自分ではそう思って体をいたわりながら暮らしていたのです。

ところがある時、わが社の社員から、

「重い物は持てないなんて、そんなの、自分の思い込みだけじゃないですか?」

と言われ、ふとその気になって、その場で試しに二十キロの商品を持ってみたら、なんとちゃんと持てるではありませんか。嬉しくなって調子に乗り、重い物を持ち過ぎて、ぎっくり腰になってしまったほどです。

私はその時、自分が病気の思い込みの中で生きてきたことに気づかされました。ずっとショルダーバッグばかり使っていたのも、ハンドバッグの中身が少しでも重くなると、握力のない私には持てないという思い込みがあったからです。

人は困難にあうと、誰かのせい、何かのせいにしたくなるときがあります。でも、原因は周りにではなく、自分の内側にあることの方が多いのではないでしょうか。私は、そういうことに気づくために、病気にならせていただけたのかもしれないと、自分の人生を振り返るにつけ思うのです。

このごろになって、わかってきたことがあります。それは、「青い芝生」も「青い鳥」も、どこか別の場所にあるわけではない、ということです。

そういうことが見えてくるようになったのは、やはり五十歳を過ぎてからでしょうか。それまでは、つい、青い鳥がどこかにいるのではないかとキョロキョロしたり、隣の芝生がひたすら青く見えてしまうこともありました。

でも、芝生だって、自分が必死で生きて、少しでも前に進むために踏みつけていけば青くなる――踏みつけるごとに空気が入って、青々としてくるといいます。それに、雑草を必死に抜こうとしますが、雑草が二割程度混じっているから芝生もきれいなのだそうです。それを無理に排除しようとするのは間違いなんですね。

そして、自分が信念を持っていたら、青い鳥なんて探さなくても、向こうから飛んできます。そういうことは、ビジネスの世界に身を置いて、前を向いて歩いていると、本当に実感します。私が会社を経営していく上で、余計な不安感を抱かないでいられるのも、それがわかっているからでしょう。この会社が社会にとって必要でなければ倒産するでしょうし、必要である限りは続いていくでしょう。それだけのこと。私はそう思っています。

無理だと思ったところから、一歩踏み出してみる

私たちは時に、自分だけの思い込みにとらわれて、気づかないうちに生き方を狭くしてしまうことがあります。本人は思い込んでいるのですから、考えを変えるのは簡単ではないかもしれません。でも、覚えておいてほしいのは、絶対無理だと思ったことでも、思いきってやってみると、別の世界が拓けてくることも少なくないということです。

私共の会社は、年に一度、代理店の皆様と一緒に、研修旅行で海外に出かけています。ある年の渡行先はハワイでした。ところが、出発間際になって、高校生の息子さんが四十度の熱を出して寝込んでしまったので旅行には行かれない、と連絡してきた方がいたのです。

私はその方にこう言いました。

「息子さんが生かされるものとしてこの世に生を受けたならば、高熱があっても死んだりはし

ないと思います。息子さんが熱を出した状態のまま、あなたはハワイに絶対にいらっしゃい」私にとってもこれは賭けです。

彼女は結局旅行に参加しましたが、いざ現地に着くと、積極的に歩きまわり、旺盛な食欲で料理を満喫し、家に電話もしないくらい、家庭のことを忘れて楽しんだわけです。

さて、彼女がハワイで楽しんでいる間、家庭では何が起こっていたでしょうか。

実はその息子さん、お母様からの愛を一身に受けながら、お父様からはあまり愛されていないのではないかと、ひそかに思い悩んでいたそうなのです。

ところが、四十度の高熱ですから、そのお父様が氷水で絞ったタオルを頻繁に取り換えたり、寝ずに看病をしてくれたわけですね。そのおかげで「本当は親父も自分を愛していてくれていたんだ」ということを初めて感じることができたというのです。彼女が旅行をとりやめていたら、お父様が看病なさることはなかったでしょう。

後日、息子さんからは自分の体験を発表させてほしいという自発的な申し出があり、夏休みに私共の会に来ていただきました。そこで、皆さんのおかげで父の愛情を確認することができました、ありがとうございます、というお話をして下さったのです。とても感動的なスピーチでした。

私は家庭でも組織でも、その人が自分はいなくてはいけない人だと思った時には、本当はいなくていい人だと思います。「自分がいなくては」というのは傲りでしょう。たぶん、私がいなくてもこの会社は動いていくと私は思います。

「俺がいなくちゃ」と我が出たらだめ――頭でわかっていても、なかなか実感として理解できないものですが、私はこういう身の周りに起きた事件を通して肌で感じさせてもらうことができました。

それにしても、「息子さんが熱を出しても大丈夫、あなたは気にせずいらっしゃい」と言い切るなんて、私も大胆です。変な話ですが、私も自分が言った言葉ではないような気がするのです。誰かに言わされているような――。なんでそんなことを言ったんだろうと、自分でも思ったほどですから。

でも、大丈夫だと思ったのは、それまでにも似たような体験があったからかもしれません。

本社でセミナーを開くとき、

「今日は頭が割れそうに痛いので、セミナーには出席できそうにありません。社長にお会いしたかったのにごめんなさい」

と、連絡してくる方がよくいらっしゃいます。そんなとき私は、「じゃあ、頭が痛いままでいいから、いらしてみて」

と言ってみます。

私にそう言われて、一度は欠席しようと思ったその方が、思い直して会場まで来てみると、もう頭が痛いのも忘れて、すごく元気になっていたりします。そして、とても楽しそうに「来てよかったわ」とおっしゃるのです。そういう小さな積み重ねがあったから、言えたのかもしれません。

ところで、私はセミナー当日に一度も雨に降られたことがありません。セミナーを始めて二十三年、しかも年間何十回とやっているのですが――。

ものすごい台風が上陸して、

「いくら晴れ女の棚沢さんがいても、明日ばかりは無理だろう」

誰もがそう思うような状況でも、当日は台風一過、日本晴れだったりします。力がないぶん、お天気が味方してくれるのでしょうか。本当に自分でも驚いています。

でも、降ったら降ったで、本当はいいんです。禅では、

「雨もよし、晴れてまたよし、全てよし」

という言葉があります。

雨が降れば、傘屋がもうかる、といいますが、私も今ではどんな天気でも歓迎で、うっとうしい雨の日でも、庭木にお水をやらなくてすんだわ、ラッキー、と思えるようになりましたから。

何を思ってもいい、でも口にするのはプラスの言葉で

私は両親から、「人のことを悪く思ったらいけません」「好き嫌いはいけません」と、教わって育ちました。昔の親はみんな子供にそう教えたのではないでしょうか。

でも、実際に心の中で思うのは、良いことばかりではありません。私にも、人の好き嫌いはありましたから、嫌いな人を嫌いと思ってはいけないと言われると苦しいし、嫌いな人を無理に好きだと思おうとすると、自己欺瞞に陥るわけです。

今では、人間には良いところと悪いところがあって当然だという思いがあって、人の好き嫌いに思い悩むようなことはなくなりました。

「表側だけにしようと思ってどんなに薄く皮を剝いても、必ず裏側がついてくるじゃない」

そんなふうに思えるようになりましたが、ある年齢に達するまではそこがなかなかわかりません。

ですから、ある人から教わって、「心の中では何を思ってもいい」ということが明確にわかった時、目からウロコが落ちました。相手のことが憎らしくて「死ねばいい」と思っても、思っただけでは殺人犯にはなりませんし、逆に、誰かのことを気にかけていて手助けしたいと思っていても、言葉や行動に出さなければ、手助けしたことにはなりません。

「今、やろうと思ったのに」とよく言いますね。そして、「もっと早く言ってくだされば、して差し上げたのに」という言葉もよく聞かれます。借金苦で自殺した人が出ると、周囲の人は、「そのくらいのお金だったら、私でも何とかできたのに」と決まって言うものですが、自殺する前に相談されたら、実際はどうしていたかは疑問ですよね。

ですから、何を思っても、口に出さず、行動を起こさなかったら、何も思わない人と同じなのです。それは私の後悔も含めてそう思います。お力になりたい、と思っていても、思っただけでは——。思いが通じることもあるでしょうから、思わない人よりはずっといいのかもしれませんが。

裏を返せば、「何を思ってもいい」というのは救いです。心の中では「苦手な人だな」と思っても、口に出すときさえプラスの言葉で表現すればいいのだということを、私はいろいろな人との出会いの中から学んだのです。

「思うだけなら何を思ってもいい」のだとしたら、相手に対してよくない感情を抱いてしまった時、心の中まで変えなくては、と葛藤するストレスから解放されます。そのかわり、いざ口にする時は、苦手な人のこともポジティブな言い方で表現してみてください。「あの方のこういうところは素敵ね」と言ってみてください。それがまわりまわって、あなたのところに戻ってきた時に、その方はきっと、あなたが以前「苦手」と思っていたのとは違う一面を見せてくれて、結果としてあなた自身の心の中の苦手意識も薄らいでいるはずです。

身近なところで私がよく言うのは、たとえばご主人が大酒飲みだったら、「大酒飲み、嫌いだわ」と言わずに、「お酒を適度に楽しむ人が好きよ」と言ってみたらどうかしら、ということです。そのほうが気持ちもいいし、第一、ずっと効果的。プラスの言葉を口にしていると、自分の人生が好転していきます。

不平不満、愚痴は自分に跳ね返ってくる

私はこのところ、ようやく「初めに言葉ありき」という、あまりに有名な一節の意味するところがわかってきました。

「あの人はどんな方？」と尋ねられて、「明るくて気さくな方よ」とか「とても思慮深い方よ」とか「おとなしそうに見えるけれど、芯が強くて頼もしい方よ」などと、私の感じた印象を説明しますね。でも、そういう印象を私はどこから受け取ったのかといえば、それは本人との会話の中からでしょう。その人をつくっているのは、その人の発する言葉なのです。

言葉というのはすごい力があって、不平不満、愚痴ばかり言っていると、それは自分に返ってきます。「そんなことはわかっているよ」という人でも、一般論として頭に入っているだけで、それを実感している人は残念ながらそうたくさんいらっしゃらないように思います。私は気功を少しかじっているので、そんなとき、「気」を体感してもらう簡単な実験で説明します。

まず、立ったまま利き腕をまっすぐ前に伸ばして、「私は元気だ」としっかりした声で口に出してもらいます。その時、私がその人の腕を持って肘から先を曲げようと思っても、なかなか曲がりません。

今度は心の中で、「私はすごく元気だ」と強く思ってもらいます。さきほどと同じ体勢で、心の中とは反対に「私は病気だ」と口に出して言ってもらい、そこで私が同じくらいの力で腕を曲げようとすると、簡単に肘のところで曲がってしまいます。マイナスのことを言うと、気が出なくなるのです。

つまり、言葉こそ大事なのです。実際にやってみないとピンとこないかもしれませんが、不思議なほどに、言葉の力を感じることができます。「あの人嫌いだわ」とか、「どうしてこんな仕事をやらなきゃならないの」とか、不平不満や愚痴を口に出すと、たちまち腕はかくんと曲がってしまうのです。こんなふうに体で感じると、言霊というものへの理解が深まります。

ですから、気が充満してくると、「気が出てる」と口に出しただけでも気は出るし、「私には気がない」と言えば、気は出ません。

講演ではこんなことをします。皆さんに声をそろえて「棚沢さん、大っ嫌い！」と言ってもらうと、私の腕はカクンと曲がり、全然パワーが出ません。反対に、「棚沢さん、大好き！」と言われただけで、腕はびくともしなくなります。つまり、よき集団の中でこそ、よき人間形成がはかれるということ。マイナスパワーの人とはできるだけ付き合わないほうがいいというのは、あなた自身もパワーを失ってしまうからなのです。

そして、私はこんなことをよく言います。

「他人が誉めてくれるのを待っていたら、三年はかかりますよ。それなら鏡を見て『私はいい女だ！』と、自分で言ってみたら？　そうすれば、その日のうちにパワーをもらえるから、三年も待たなくてすむじゃない？」

現実に働きかける言葉のパワー

私はこれまでに、言葉に出して言うことの力を何度も実感しています。「この人に会いたい」と口に出して言うと、当人が向こうからやって来たりするようなことが、頻繁に起こるからです。たとえばこんなことがありました。

代理店さんを交えた会に出席するため、地方に出かけていた時のことです。私はその地方にお住まいのある大学の先生に、一度お目にかかりたかったので、滞在期間中にチャンスがあるといいなと思っていました。会食の席で、私はそのことを口に出して言ったのです。

「この地方に正木先生という大学教授がいらっしゃるの、どなたかご存知ないかしら」

でも、同じテーブルを囲んでいる皆さんは、一様に知らないとおっしゃるのです。

すると、驚くべきことに、後ろのテーブルで食事をしていらした女性が、いきなり近づいて

みえて、

「私が正木の家内です」

と、名乗り出てくださったのです。そして、「どうぞ今晩お寄りください」とご招待してくださって、望みどおり正木先生とお会いすることができたのです。口に出してみると、人生いろいろとすごいことが起きるものだと実感しました。

ある時、四国で予備校の講師をなさっている女性が私を訪ねていらっしゃいました。その方は妹さんと、自分の勤める予備校の生徒さんを伴っていらして、三人で私のオフィスのソファに坐りました。その女性が「私、代理店をやりたいんです」と切り出したので、私は「それで？」と尋ねました。すると、「ビジネスを始める資金がないんです」とおっしゃいます。私は言いました。

「お金がないことはさておいて、あなたは本当にやりますか？」

高級魚の「(やり) 鯛 (たい)」ではなくて、川魚で手に入りやすい「(やり) 鱒 (ます)」じゃないと、人生は現実的に動いていきませんよ、と冗談を交えつつ、

「『やりたい』ではなく、『やります』『やりません』の二つに一つじゃないですか？」

と、私が言ったところ、彼女はやおら立ち上がって、

「私、代理店をやります」

と、まるで宣言するかのように、力強くおっしゃったのです。

そのとたん、予備校の生徒さんが
「先生が始めるなら、僕の母を紹介します」

と、言い出しました。さらに、彼女の妹さんまで、

「お姉さんがやるなら、私もお姉さんから商品を購入して始めます」

と、続けました。

その予備校の先生は、はっきりと自分の思いを口にしたことで、思いがけずにその場で二人の紹介者を得て、開店資金なしで代理店を始めることができたのです。

本当に心から願って口に出したことは現実になる、私はそう思わずにはいられません。

思い描いた通りに人生はある

こんな面白いこともありました。

ある日のスケジュールに、永田さんとおっしゃる出版社の社長が二時にお見えになるという予定が入っていました。永田さんは時間通りに来社され、秘書が社長室に彼をお通ししました。

ところが、実際に現れた方は私の存じ上げている永田さんではありません。私はご子息かと思い、「永田さんでいらっしゃいますか」とお尋ねすると、「はい、そうです」とお答えになる。当たり障りのない会話を交わしながらソファにご案内して、あらためて「永田社長のご子

息様ですか」と伺うと、なんとその方は、「いいえ、私は遠洋漁業の船乗りです」とおっしゃるのです。訳がわからなくなって言葉もない私に、その方は説明を始めました。

「いつもこのビルの三階にある歯医者さんに来ているのですが、今日は先生がお留守だったのです。それで、こちらに伺って、『永田と申しますが、社長さんにお目にかかりたい』と言ってみたら、『お待ちしていました』と通されたのです」

彼の説明を引き続き聞いていると、仕事で南氷洋に出かけるたびに、持っていった日本酒を毛皮と交換して帰ってきて、その歯医者さんによく毛皮を買っていただいているということがわかりました。ところがご不在なので、その先生を介して知り合った、同じビルの社長さんを訪ねようと思い、フロアを間違えて私のオフィスに見えたのです。

つまり、彼は同姓の別人でした。私は出版社の社長とのお約束がキャンセルになっていたのをうっかり忘れていて、秘書にも伝えていなかったのです。ですから、二十分スケジュールがあいていたので、こう言いました。

「遠洋漁業の船乗りさんとお会いするのは初めてです。よかったら、南氷洋のお話を聞かせてください」

そして、いろいろ珍しいお話を聞かせてくださいました。

ところでその日、私にはどうしても片付けなければならない用事がありました。仕事ではなく、個人的な買い物です。状況としては、数日後に娘の成人式が迫っているという時期でした。当時、振袖の上から白い毛皮を肩にかけるのが流行っていて、娘にそういうショールを買ってほしいと頼まれていたのですが、私は多忙を極め、買い物をする余裕がなかったのです。着物は用意できていたのですが、ショールは今日こそ手に入れておかなければ間に合わない、でも時間が――、と頭を悩ませておりました。

話を船乗りの永田さんに戻しますが、私が見たこともない世界のお話をしてくださるので、せっかくだからとコーヒーをお出しして、楽しくおしゃべりを続けました。

しばらくして彼が、

「見ず知らずの私を相手にお時間をくださって、恐縮です。せっかくですから、もしよろしければ」

と言いながら、小さなナップザックをあけると、とつぜん大きくふくらんだ立派な毛皮の敷物が出てきました。

「安くお譲りいたします」

と、彼は本当にびっくりするほど安い金額をおっしゃいます。でも、私は自宅の部屋で犬を飼っていることを話し、

「せっかくの毛皮も犬が台無しにしてしまうと思うので、大きな敷物を買うわけにはいかなくて」

とお返事しました。すると彼は、もう一つのナップザックをとりあげ、そこから銀ギツネの

ショールを六つも出してきて、

「ではこれをもらってください」

とおっしゃるのです。びっくりした私は言いました。

「実は、今日こそ娘のために毛皮のショールを手に入れなければ、と思っていたところです。六匹もいりませんから、では、一つだけ買わせてください」

「とんでもありません。突然訪ねてきた私を通してくださって、いろいろお話ができてすごく嬉しかったです。コーヒーまでごちそうになったんですから、私もお礼がしたい。これは差し上げます」

そう言って、毛皮を置いていかれたのです。

面白いと思いませんか?

思い描いた通りに人生はある——。確かにその通りだと私は思うのです。

そういえば、私共の代理店の皆さんを見ていても、「こういう人生を送りたい」という目標を人前で発表した人ほど、望んだ結果を得られているように思えます。望んだ結果とは、車を手に入れる、家を新築する、といった物質的なことから、心豊かな生活を送る、といった精神的なことに至るまで——。なんとなく代わり映えのしない毎日を送っている人は、なんとなく生きていこうという程度しか目標がないようです。物質的にしろ精神的しろ、豊かになる人は豊かになりたいと人一倍思っています。

ですから、ホラ吹きと言われようと、大風呂敷と言われようと、ともかく大きな夢を持つことです。とはいえ、人間はその人の器量に合った夢しか描けないともいわれます。大きな夢が描けないということは、それだけの器だということです。それならまず、自らの器を大きくするよう努力してみたらいかがでしょう。きっと、それ相応の夢があとからついてくるはずです。

私が会社を始めることができたのも、夢があったからです。夢見る力さえあれば、あなたの思いはきっと実現します。

㈤ しなやかに、そしてやさしく

「人として」生きる心のゆとりを

自分では柔軟に生きているつもりですが、時折「私も頭が固くなったな」と思わされることがあります。特に、小さい子供と接していると、その発想のしなやかさ、奇抜さに驚かされて、自分の思考回路がいかにマンネリ化しているか、反省させられることも度々です。

娘が孫を連れて我が家に遊びに来ていたある日のことです。私は用事ができて、彼らを残し外出しようとしていました。

「これからバビー（孫は私をそう呼びます）はお出掛けしなきゃならないの、ごめんなさいね、涼之介さん（孫の名前です）」

ハンドバッグを手に、孫に向かってそう言うと、折り紙で遊んでいた彼は、好奇心で目をキラキラさせながら、私にこう聞いてきました。

「バビー、そのハンドバッグには何が入っているの？」

「いろいろ入っているの」

私がそう答えると、なんと彼は、

「何色と何色が入っているの？」

と言ったのです。

彼にとって、「いろ」といったら、「あかいろ」「あおいろ」「きいろ」の「色」なんですね。「いろいろ」という言葉は、実際、さまざまな色、というのが由来なのですから、ちょっと感心してしまいました。

そんなふうにいっさい先入観を持たない、子供の自由な発想で繰り出された言葉と出合った時、いつのまにか固定観念に縛られ、合理性ばかりを優先して生きようとしている自分に気づいて、ハッとすることがあります。そういう自分はとても嫌です。

ですから、私は最近、合理的に生きるのをやめよう、やめようと努力しているのです。たとえば、長い間、ロサンゼルスとニューヨークの両方に用事があるなら、ロスからニューヨークに直行するのが合理的だと考えていましたが、最近はもう、ロスで仕事が終われば日本に帰ってきて、またニューヨークへ向かえばいいじゃない、と思うようになりました。それと、ロスに行くならハワイが近くだから、まずハワイに立ち寄って、と思い込んでいましたが、実はそれも錯覚なんですね。平面的な地図上では近くに見えても、地球は丸いので、実際にはハワイからロスまで行くのも、日本からロスまでと変わらないくらい時間がかかるのです。

少しずつですが、不合理の良さみたいなものを覚えてきました。今までの私は、なんて機械的な人間だったんだろう、という反省が自分の中にあります。もう少し、「人として」生きていく余裕がなくてはいけなかったのでは、と。

たとえば、町を歩いているとポケットティッシュやチラシを配っている人がいますよね。時間に追われて気が急いていると、「そんなもの、いちいち受け取っていられない」という気分で、避けるようにして通りすぎてしまいます。でも、人として生きるつもりなら、そして、配っている人の立場を考えたら、もらってあげればいいじゃないですか。一秒もかからないことです。そういうことはすべてしていこう――。少なくともそのくらいのゆとりを持った人間でありたいと、思うように私自身が変わってきました。

合理的に生きるのをやめてみたら――

この前、一緒に勉強会を続けている知人の先生から、「大峯山に行くことになったから、あなたも一緒にいらっしゃい」と誘われました。その週の土曜と日曜をあけるようにと言われましたが、スケジュールが入っていたのです。

でもその方は、「吉野山の千三百年祭だから、あなたはぜひ行くべきだ」と強くおっしゃるのです。そして、「あなたは俗世の垢がつきすぎているから、少し修行をしたほうがいい」とも――。

俗世の垢、はたから見れば、きっとそうなのだろうと思い、「わかりました、でも土日は約束があるのでどうしてもだめなのですが」とご相談申し上げると、「約束に縛られた生き方をしてはいけない」と言われてしまいました。

そう言われても、土日の件は一年前からスケジュールに入っているアポイント。それだけはなんとしても守らねばならない私の立場についてご説明したところ、「あなたはまだ固定観念で生きている」と、あくまで私を諭そうとなさるのです。

「それなら先生、来週の月・火でどうですか」とこちらから提案してみると、今度はご自分の約束を理由に、その日はだめだとおっしゃるのです。

それでは先生も私と同じではないかと思った私は、勢いでこう言っていました。

「じゃあ、明日あさってならいいですよ」

するると先生も、

「よし、それじゃあ、明日あさって行きましょう！　すべてをキャンセルして」

あまりに突然のことでしたが、「明日あさって」大峯山に出かけるために、二日間の予定のすべてを、土壇場でキャンセルしたのです。

合理性を優先させるビジネスの世界の物差しで考えると、あまりに大胆な行動でしたが、なぜかその時は決断できました。当然、いろいろな問題が出てくるのですが、約束の相手の方々に事情を説明すると、意外にも皆さん快く聞き入れてくださいました。

そんなふうに思い切って出かけた甲斐あって、魂が洗われるような体験をして帰ってくることができました。本当に行ってよかったと、心から思いました。合理的ではない道をあえて選ぶことによって、パワーをもらえることがあるのだということを、その時身をもって知ったのです。

やさしさは、合理主義の向こうに

すべてを合理的に割り切って生きることはもうやめよう――。

無駄をなくそうとして、優しさまでなくしてしまった生き方は貧しい――。

そういうことに私が少しずつ気づけるようになったのは、いろいろな方のおかげです。

比較的最近の話ですが、会社を設立して以来、一番か二番というくらいの大きな問題にぶつかり、悩みの底無し沼に落ち込んでいきそうな時期が続きました。

そんな時、ある方が海外からお電話をくださって、

「どうぞ棚沢さん、思っていることを全部おっしゃってください」

と言ってくださったのです。

「僕には話を聞くことくらいしか、あなたにして差し上げられることはありませんから」

そんな彼の言葉をありがたく聞きながら、私は、

「だって、篠宮先生もお忙しくていらっしゃるのに」

と、ためらいがちに言いました。それに続く彼の言葉に私は胸を打たれました。

「忙しいけれども、今、あなたの悩みを聞いてあげることが、僕が人間として生きる道だと思

う」

　ドキッとしました。私は今まで生きてきた中で、そんなふうに感じたことがあったかしら、と――。

　結局、申し訳ないけれども、お言葉に甘えることにしました。そして、自分の中で処理しきれないあれこれを話したのです。そうしたら、それだけでとても気が楽になりました。

　それに引き換え、私は自分の子供にさえも、まるで仕事を手際よく片付けていくかのように、ビジネスライクな対応してしまうことがありました。

　出掛けに話しかけられると、

「今は時間がないから、帰ってから聞くわ」

「用件は箇条書きにしておいてね」

　帰ってきてからは、まとめておいてくれた懸案事項のメモにさっと目を走らせて、

「これはこう、次のはこうしてみたらどう、最後のはこうですね」

と手早く結論を出し、てきぱきと処理していく。そこには人間的なやさしさがなく、ただ、無駄を省いていかに効率的にものごとを片付けていくかという発想しかない自分がいる。

　本当はちゃんと向き合ってあげたいけれど、「約束の時間がせまっているから」「仕事でトラブルが起きたから」「今は会社の大事な時期だから」――。

　理由はいくらでも挙げられますが、私がつい合理性を優先させてしまっていた本当の理由

は、時間を有効に使うということの真の意味を、私がどこかで勘違いしていたからなのでしょう。

その方が私に見せてくれた時間の使い方、やさしさの表現の仕方は、それ以前の私が長い仕事人生の中で、少し忘れかけていた大事なものを思い出させてくれたのです。自分が人にそうしていただくまで、大事なことをどこかに置き忘れたまま突き進んできたなんて、私もまだまだ未熟者だったと、あらためて反省しました。

必要な時は人に甘えるのもいい

五年ほど前のことです。

私は経営者の仲間でつくった勉強会の研修等に、時折参加しています。その日は、研修の一環で、山歩きをしていました。

ある場所にさしかかり、そこには川がありました。さて、どうするか。山道を行けば二時間かかり、川を渡れば三十分。

参加者の中で、女性は私を含めて二人だけ。男性は全員、川の中を歩いて行きたいと考えている。どうするかということになった時、私はというと、またここで「ええかっこしい」の悪い癖が出て、

「みなさんが川がいいとおっしゃるなら、私もそれで結構です」

と、答えていました。人がやれることだったら、自分にもやれるんじゃないか、という傲りもあったんでしょうね。本当に困った性格です。

先頭を歩く修験道の行者さんは、すぐ後をついていった私を振り返りつつ、

「棚沢さん、僕の歩くのが速すぎたら、遠慮なく速いと言ってください」

と気遣ってくださいました。

実際のところ、私はもうこれが限界、もう少しペースを緩めてほしいと思っていたのです。でも、後ろからどんどん追いついてくる人たちを見て、私が「速い」と正直に言えば、私のために全員のペースを遅らせてしまうことになる――。そればかりが気になります。そして、(言えないなあ)(どうしようかなあ)と迷いが生じた瞬間、苔に足をとられて転倒し、大きな岩に思いっきり頭をぶつけてしまったのです。

何とか宿までたどり着きましたが、ちょうどむち打ち症をやった後だったこともあり、もう動けません。深夜の三時頃には吐き気が襲ってきてどうしようもなくなりました。翌日は四時起床の予定でしたから、一時間ほど時計とにらめっこをしてから、先生のお部屋のふすまの前に座り、出ていらっしゃるのを待ちました。

「先生、吐き気と頭痛がおさまりません。皆さんの足手まといになってご迷惑をお掛けしたくありませんから、私はここで東京に帰らせていただきます」

私は自分の申し出が常識的な判断だと思っていましたが、先生はそうではありませんとおっしゃいます。

結局、「吐き気があるまま残りなさい」と勧められ、私は東京に戻らず研修を続けることになりました。

体調は最悪でしたので、ふとん一つあげるのも大変に思えました。やればできたかもしれませんが、ここはひとつ同室の女性にお願いしてみようと思いました。人のことはやってあげたい性分なのに、自分が人にそんなことを頼むなんて、これまでの人生では考えられないことでした。他人の手を煩わせたくないという心理的な抵抗を覚えつつ、

「大変申し訳ありませんが、私のふとんもあげていただけませんか」

と、切り出してみると、「はい喜んで」と明るい返事が戻ってきました。

その上彼女は、

「棚沢さんのお力になれるようなことをさせていただいて、ありがとうございます」

と、言ってくださったのです。

私がその方を頼りにして甘えることで、彼女の心に、人の役に立てたときの嬉しい気持ちが広がったということを、私はその時肌で感じました。そして、人に甘えるというやり方で、人に幸せをあげたことのなかった自分というものに気づくこともできました。

またもや私は、足手まといになるなら帰るべきだという合理主義や、人に甘えてはいけない

という杓子定規な発想が、私の世界を狭くしていたということを、ここでも教えられたのです。

ところで、以前、頭痛でセミナーを欠席したいと連絡してきた方に、私は「頭痛のままいらしてみて」とおすすめしたということをお話ししました。それは、私が岩で頭をぶつけたので帰京しようとした時、先生に残りなさいと言われたことのまねだったのです。

先生が口になさった言葉は実際には、「吐き気のまま残りなさい」ではなく、「最後まで研修に参加することをおすすめします」でした。

でも、いつまでもおさまらない吐き気を訴えた私に、先生がそう言ったということは、私にとっては「吐き気のまま残れ」ということを意味していました。そして、頭痛のままセミナーに出席した方と同様に、私の体調も研修の途中から回復し、やはり残ってよかったのだということがわかりました。ですから、その時の体験が、「頭痛のままいらして」という言葉になって、自然と口をついて出てきたのだと思います。

私が人生にとって大切なことを学ぶのは、いつも現場の体験からです。本を読んだり、人の話を聞いたり、自分でいろいろ勉強することも必要ですが、自分の体験を通したとき、初めて本当の意味での理解に至るのではないかと思います。

ビジネス・マナーをしなやかに破る

合理的に生きるのをやめようとしている――などと私が言うと、生き馬の目を抜くビジネスの世界を現役で闘っている人たちは、きっと不思議に思うでしょう。組織をまとめあげていくという役割を考えたときに、個々の感情よりも合理性を優先するのが常識だという考え方が一般的だからです。

一方で、「経営者という立場でありながら、合理主義に染まらない生き方をよくぞ選択なさいましたね」、などと、逆に感心されたりすることもありますが、一つ一つはちょっとしたことですから、やってみればそんなに大したことではありません。それに、肩書きというものは外から眺めていると大層なものに見えても、実際はそうでもないことがたくさんあります。会議室で役員会が開かれていれば、このドアの向こうでどんな重要なテーマが協議されているのだろうと若い社員は思うかもしれませんが、中で話しているのは、案外、子供の話だったり、「最近元気？」なんていう、役員同士の近況報告だったりすることもしばしばです。経営者だから、社長だから、なんてありません。「人」でしかないのです。

そんなことを言いながらも、他人から見た私は、今でも非常に合理的に生きていると思います。でも、目指すところとして、経営者である前に、「人として」生きようと努力しているつもりなのです。

いったん、「合理的じゃなくてもいいじゃない」と思って生き始めると、違う世界が見えてきます。大峯山のエピソードでもお話ししたように、「四六時中仕事を最優先させる仕事人間であらねばならない」ということはなく、こちらが本気でお願いすれば、たいていの場合、アポイントの相手はスケジュールを喜んで変えてくださるということがわかります。そういう生き方が少しできるようになってから、いろいろとおもしろい発見がありました。

たとえば、スケジュール調整のミスなどで、どうしてもダブルブッキングしてしまうことがありますよね。重なってしまった二つの約束のうち、どちらかをお断りしなくては、と普通は思うでしょう。でも、あまり心配しなくても大丈夫なのです。というのは、こちらからキャンセルしなくても、不思議なことに自分に関係ない人は、向こうからキャンセルしてくるからです。それが見えたとき、目からウロコが落ちたような衝撃がありました。

どうしてもキャンセルしてこない人がかちあってしまったら、それはもう、前世からその二人は出会うようになっていたのだと私は思います。

そういうときは、

「ごめんなさい、実は手違いでダブルブッキングしてしまいましたが、こちらは○○さん、そしてこちらは――」

と、いっそのこと紹介して差し上げたらいいのです。

するとどうなると思いますか？　その二人が私以上に親しくなってしまうことはしょっちゅうです。そのうち私のほうが紹介してもらったのだという錯覚に陥ってしまい、

「何を言ってるの？　彼女を私に紹介してくださったのは、棚沢さん、あなたじゃない」

と言われてびっくりしたことさえありました。

この世はなるようになっていく。そういうことを実感します。

私だって最初は怖いと思いました。重なった約束をそのままにしておいたり、すでに予定が入っている日に新たな約束を入れてしまったりしたら、信用を失うのではないかと大いに気を揉みました。ところが、やってみると心配していたようなトラブルはほとんど起きないのです。

この世は自分に必要なものしか残らないようにできている。

人と人は出会うべくして出会うようになっている。

本当に禅で教えられた通りなのです。

常識的に考えると、ダブルブッキングはビジネス・マナーに反しているかもしれません。でも、「人として」生きていこうと思ったら、必ずしもそうとは限りません。マナーやハウツーを超えたところで出会える何かもあるのです。

そんなに窮屈に生きなくてもいいじゃない。

そう思えるようになってから、私自身が、前よりも少しだけしなやかになれた気がします。

㈥　「禅の心」に支えられて

人生を一八〇度変えた出会い

すでに何度か触れたとおり、私の言動や発想は、おおもとのところに禅の考え方が入っています。

けれども、それはもう、どこからどこまでが禅の影響によるものなのか自分ではわかりません。それほど禅は私の生き方と重なっています。

きっと、死を宣告されるような経験をさせていただいたことで、禅と出合う前から私は禅的な生き方に近づいていたのでしょう。

大病から得た「気づき」――。

そして、それが導いてくれた禅との出会い。

つきつめていえば、この二つが今の私をつくっているといってもいいほどです。

もう十年以上になるでしょうか。「禅の心をビジネスに生かす」というテーマで、現代禅研究所の赤根祥道先生にご指導をいただいております。私にとって禅との出会いは、赤根先生との出会いにほかなりません。

それよりさらに数年遡りますが、一橋大学名誉教授でいらした故山城章先生や産業能率大学の市川峯峰先生が中心となり、経営者を育てる勉強会を設立されました。「ＫＡＥ経営道フォーラム」といいますが、私もご縁があって立ち上げのお手伝いから会に携わり、現在もとても立派な経営者のお仲間の皆さんと一緒に勉強させていただいております。

赤根先生は、ある時その会に講師としてお見えになりました。私はその講演を聞いて感動し、この先生に学びたい、このご縁を大切にしたいという気持ちでいっぱいになってしまいました。同じ思いを抱いた人たち数人と一緒に、禅の精神をご指導くださるよう赤根先生にお願いして、「赤根塾」が始まったのです。

赤根先生との最初のご縁となった講演の中で、一つとても印象に残っているお話がありました。お話、というより、先生はその講演の中で、小学校四年生の女の子の作文を紹介してくださったのですが、それがとても魂に響いたのです。

詳しくは覚えておりませんが、作文を書いた女の子のお母さんは毎日働きに出て、炭焼き小屋で手をまっ黒にして帰ってきます。女の子は弟と二人で山のふもとまでお母さんを迎えにいくのですが、あんまりお母さんの手が荒れてかわいそうだから、自分たちのお小遣いを貯めて、母の日にハンドクリームを買ってあげましたという内容です。そして、子供たちが買ってくれたハンドクリームを受け取って、お母さんはそれはそれは喜ぶのですが、そんなお母さんの笑顔を見た女の子はこう書いているのです。

「お母さんが喜んでくれて、ありがとう」

それを聞いていた経営者はみんな泣きました。

私はそれまで、ほとんど人前で泣いたことがありませんでした。なぜかというと、亡くなった父から、「人前では決して泣いてはいけない」「たとえ私が死んでも絶対に泣くな」「私はそういうふうに君を育てたつもりだ」と言われていたからです。父がガンで倒れてから亡くなるまでの四十日間、私はベッドの中でさんざん泣いて、涙が枯れ果てるまで泣き通して、父の言いつけどおり、通夜の時も告別式の時も、涙を見せませんでした。「人前で泣くな」という言葉は、私が父と交わした最後の約束になってしまったので、私はいつまでもそれを守り、そして、ずっとその言葉に縛られていたのです。

でも、赤根先生の講演を聞いた時は、涙を抑えることができませんでした。周りの人も、みんな泣いていました。そして思ったのです。人前で泣いたっていいじゃない、その弱さが素敵じゃない、人間なんてもともと弱いのだから、ありのままの自分を見てもらえばいいじゃない――。

不思議なのは、全員が泣いたというのに、皆さんとても清々しい顔をなさっているということでした。私自身も、泣いた後の顔はみっともなくて人に見せられないと思って化粧室に駆け込みましたが、鏡の中に見つけたのは、直前まで泣いていたことをまるで感じさせないすっきりした自分の顔――。悔しさや、恨みのようなネガティブな感情で泣くときは目が真っ赤になりますが、感動して泣いたときは目が赤くならないというのをその時に知りました。

涙というのは二通りある、決して目が血走るような涙を流したらいけないなと思いました。

今までは人前で涙を見せる人を、あまり尊敬できませんでした。今でも甘えて泣くことや、自分の努力が足りなくて泣く悔し涙、言い訳の為に出す涙は好きになれません。でも、心が動かされたときくらい、涙が流れるままにしてもいいじゃない。そう思えるようになって、自分の幅が少し広がったような気がしました。

そして、守らなくてもいい約束もあるのだということにも気づいたのです。父との約束を守ろうとして必死に感情を抑えていた自分の幼さに思わず微笑んで、父の遺影をふと見上げると、「今頃そんなことに気づいたのかね」と言っているかのような笑顔がそこにありました。

災難に遭う時は災難に遭うが良く

赤根先生の指導による禅の心を一言で言えば、「すべてのものにこだわるな」ということです。

私たちは禅というと、何か特別な修行をしたり、厳しい坐禅をしなければならないと思い込んでいますが、平凡なこと、あたりまえのことが、あたりまえにできるようになるのが禅の修行といえるのではないでしょうか。つまり、禅の第一歩は、まず私たちが何にこだわり、何にとらわれているかを発見することなのです。

数年前、禅の会で良寛さんを偲び、五合庵を訪ねたことがあります。良寛さんといえば、江いう戸時代後期の高名な禅僧ですが、禅の常識を破って自由な世界に生きた人としてよく知られています。

清貧のなかにあっても、子供たちと遊んだり、万葉調のおおらかな歌を詠んだり、洒脱で臭みのない書を書いたりして暮らした、およそ禅僧らしくない禅僧です。

「炊くほどは　風がもてくる　落ち葉かな」

と詠んだ句などに、その人柄がにじみ出ています。

良寛さんは、顔を洗うのも、口をすすぐのも、お粥を炊くのも、みんな一つの鍋ですませたといいます。現代の感覚からすると、不潔な、汚いことをすると感じるかもしれませんが、そこに良寛さんの禅の真髄があったとみてよいのではないでしょうか。

そして、こんな言葉も残しています。

「災難に遭うときは災難に遭うが良く、死ぬ時節には死ぬのが良い。これは災難を逃れる妙法だ」

災難や不幸な目に遭うと、私たちは蜘蛛の巣にひっかかった虫のように、じたばたともがき苦しみます。じたばたしてもどうにもならないことを知りながら、しかもなおかつ、じたばたせざるを得ないのです。

しかし良寛さんは、災難や不幸の中であれこれ思い煩うな、と言っています。災難を災難として受けとめ、それで無心でいられるというところがやはり禅なのでしょう。

辞世の句に
「裏を見せ　表を見せて　散る紅葉《もみじ》」
というのがあります。まさに裏も表も見せながらの生き方が忍ばれます。良寛さんこそ、形式とか常識にしばられず、何事にもこだわらずに自由に生きた人といっていいでしょう。
私たちは自分でも気づかないところでいろいろなものにとらわれ、こだわって生きています。禅の心に触れることで、とらわれたり、こだわったりしている自分を知り、少しでも自由になれたらいいなと思うのです。

和やかな顔で、愛《いと》しい言葉を

「和顔愛語」という言葉があります。これは仏教の経典に出てくる言葉で、禅の名句としてもよく使われます。人に対して心から親しく、和やかに接していこうとすれば、自ら和やかな顔になり、さらには相手を何よりも大事に思いやろうとすれば、自ら愛しい言葉を使うようになる、ということです。

日本人は「沈黙は美徳」だとばかりに、黙っていることがよいことのように思う傾向がありますが、やはり黙っていては伝わらないことが多いのではないでしょうか。人と心で接したいと思っても、自分からやさしい言葉をかけていかなければ、その思いも通じません。

私はもともと「物事を明るく見る」ほうです。いつも言うことですが、物事には表があれば裏がある。光があれば影ができる。人の長所と短所だって表裏一体です。だからこそ、明るい側からだけ見ればいい、長所だけを見るようにしたほうがいい、と。

私に一つだけ長所があるとしたら、それは、会った瞬間にその人の長所がフワーッと浮き出てくるのが見えることです。それは三歳のお子さんでも同じです。「わあ、この子はすごい」「こんないいところがある」と思います。本当に、どんな人からも学ぶところがあるのです。

ですから私の座右の銘は、吉川英治の「吾以外皆吾師也」です。実際私は、講演でお話ししたり、こうして本を書いたりしていますが、そこで言っていることは、全部いろいろな方から教えていただいたことばかりです。つまり、ここにいる自分は何かというと、周りの人がつくってくれた自分なのです。

会社を経営していると、どうしても欠点発見型、問題点チェック型の人間になりがちです。だからこそ、「自分以外はみんな自分の師」という心持ちを忘れずに、いいところを見ていくようにしたいと思っているのです。そうすれば、周りに対して、自然と「和顔愛語」の心で接することができるのではないでしょうか。

「虚体」ではなく「実体」で臨む

私の記憶に残っている禅の言葉で、特に鮮明な印象を受けたのは、鈴木正山の「死んだ気でやれば生かされる、中途半端でやれば殺される」という意味の言葉です。

「何をやるにも死んだ気でやれ」というのは、「実体」で臨むことだと赤根先生から教わりました。

やる気、勇気、根気、元気、人気、平気、本気――、「気」のつく言葉がたくさんありますが、実体というのは、自分の中にエネルギーが蓄積されて潜在能力が高まっている状態、つまり「気」が充満している状態をいいます。虚体というのは、その反対で、何となく落ち込んでいる、どうも気力がわいてこない、「気」のない状態です。

いつでも気力が充満しているのが理想ですが、人には気力の出ない、虚体のときもあるわけですから、私は赤根先生にこう尋ねました。

「実体で臨めといわれても、人はいつでも実体にはなれないのでは」

するとと先生は、

「実体でないときは、人と会わなければいいのです」

拍子抜けするほど単純明快で、しかも「その通り」というしかない言葉が返ってきて、楽しくなりました。

確かに人に会うと時にはパワーがないとだめです。ビジネスでもプライベートでも、人にこれを頼みたい、これを引き受けてもらいたいという時には、相手よりもパワーがなければ説得できません。ですから、虚体のときは極力人と会わないで、パワフルな実体のときにアクションを起せばよいのです。

そんな単純なことに気がつかないで、虚体の自分も実体の自分も自分の中でごっちゃにして、悶々としているのが私たちなのです。

もちろん、パワーが出ない時に、どうしても人と会わなければならないことだってあるでしょう。でも、「これが務めだから」と、重い心と体をひきずって相手と向き合っても、いい結果は得られません。実体になれるまで待てるものなら待ったほうがいいのです。そのことで自分や相手が被るかもしれないマイナスは、虚体のまま対するときのマイナスよりもずっと小さいはずです。

さらに、虚体だからと人に会わないでいると、ますます落ち込んでいくのではないかと思うなら、自分から「気」を出してみればいいのです。「気」が充満してくれば、自分で「気」を出すことだってできるのですから。

今の自分は虚体だなと感じたら、私だったら「私は元気だ」と声に出して自分に言い聞かせます。どんなに落ち込んでいても「よう――し、今日もやるぞ――」と言ってみれば、もう、それだけでパワーが出てきませんか？

私は鏡を見た瞬間に気分を変えることができると、すでに書きました。でも、それは相手がいてくれるから――。いざ、人が訪ねてみえたら、その間だけでも自分も知らないようなところから力を引き出してきて、一所懸命相手と向き合おうとするのではないでしょうか。

私は「一生懸命」より、「一所懸命」がいい。一生、懸命になんて生きられません。くたびれてしまいます。

そして、できれば「一緒懸命」がいい。人がいてくれるから、今の私があるのです。だから本当に、こう思います。

今日も一緒に生きてくれてありがとう。

ビジネスと禅との間の矛盾に悩んで

赤根先生に学ぶ禅の会の会員は、皆さん立派な経営者の方ばかりです。

最初は、禅を学ぶことで、経営者としての自分の生き方との間に矛盾を感じたものでした。それは、学び始めた当初にとても顕著でした。

私は会社を作って以来、毎月定期的に、一橋大学の山城章先生のもとで経営学を学んでおり、企業というものは「社会に貢献し悪をなさず」とはいうものの、利益を生み出さなければ成り立たないということを、頭にたたきこまれていました。それだけに、利潤追求を目的とする企業社会の道と、「本来無一物」を説く禅の教えとの間に矛盾を感じ、悩んでいました。禅の世界に比べると、会社の経営者なんて、俗世にまみれて生きているような気がしてきて、悶々としていたのです。

そこで赤根先生に伺ったことがあります。

「私は自分の使命感に早くから気づいていたつもりでしたが、禅を学べば学ぶほど、今の私の生き方は何だろうと思ってしまいます。

もともと何もない、という意味の『本来無一物』という禅の公案に接した時、会社経営における利益の追求が小さなことに思えてきて、出家したくなるような気持ちになりました。教われば教わるほど、疑問にぶつかります。

でも、みんながお坊さんや尼さんになってしまったら、この経済界は止まってしまいますし、やっぱり俗世で泥水をかぶりながら、泥中の蓮華のごとく生きていく人もいないといけないだろうとも思うのです。

私はどう生きればいいのでしょうか」

この時先生は、

「一日不作一日不食（一日作らざれば一日食らわず）」

という言葉について教えてくださいました。

簡単に言えば、「働くから食べることができる。その働きの中に禅の求める道がある」というようなものです。つまり、人にはそれぞれ仕事があり、それがあるから幸せだというのです。だからあなたは今の仕事を自分の仕事として懸命にこなせば、禅へと続く道はそこから通じていくとのことでした。

私としては、それこそ救われたような気持ちでした。

その後の私は、自分自身も会社の体制ももっとスリムにしましたが、次第にわかってきたことがありました。

会社はやはり、利益をあげなければやっていけません。ですから、その利益をどう扱うかということこそ、問題なのだということです。

もし、たくさん儲かれば、学校を作ってもいい、寄付をしてもいい、おこがましいかもしれませんが、企業が収益をあげることによって、いろいろな手助けもできるのです。使い方というところに目を向けていけばいいんだということに気づきました。我欲だけ、身内の利益だけを考えていてはだめですが、利潤を追求することで社会に貢献することもできるのです。そこが見えてきた時、とても楽になりました。

私には、女性の地位の向上や、女性に定年のない職場を提供させていただくことなど、会社設立にあたってのビジョンがありました。そういうことを考えて実践する人が誰かいなくてはいけないとしたら、「私の仕事にも意味がある」と、あらためて思えてきました。

私も一時期は悩みましたが、今はふっきれています。人生には矛盾がつきものです。でも、矛盾点というのは時間とともに解決されていきます。その時には運びきれないものでも、いつしか運んでいってくれるのです。「時」の力はすごいと感じました。

人生は道場、「今」「ここ」が修行の場

私は会社を経営しながら禅を学び、その二つの道を同時に成り立たせることに矛盾を感じた時期があったことをお話ししました。

けれども、「自分の仕事の中に道がある」という赤根先生の言葉は、日々、必死で生きるうちに、実感として胸に迫ってくるようになりました。

私たちは、厳しいビジネスの世界に身を置いていて、時には傷つくことも、迷うことも、悩むこともあります。今のこの世の中で足を踏ん張って生きていくことのほうが、修行と称して逃避的に俗世を離れたり、中途半端な気持ちで山にこもったりするよりは、よほど修行に近いのではないかと思うこともしばしばです。

仕事をしていれば、きれいごとだけで済まないこともあるでしょう。理想論だけでは通らないこともあるでしょう。泥水をかぶることもあるでしょう。でも、かぶった泥水はきれいな水で洗い流せば落ちるではありませんか。

「清濁合わせ飲む」という言葉がありますが、理想と現実の間で悩んでいる人に、私はこうお話ししています。

私たちは泥水をかぶり、家に帰ってからそれを洗い流す、そういう毎日を送っているんですよ、と。

時々、今よりもいい自分になろうと思ったとき、今ある自分を捨てて、今あるところを離れて、そこへ向かおうとする人がいます。いわゆる、リセット感覚とでもいうのでしょうか。

でも、今の自分、今いる場でなぜできないのでしょうか。

たとえば、ボランティアや環境問題に熱心に取り組んでいらっしゃる方の中には、本当にごく一部ですが、良いことをしているという正義感から、世の中の汚い面、不条理な面を一切許さないような、教条主義型の人がいらっしゃいます。中でも、ご自分の生活まで犠牲にしてのめりこんでいるようなタイプの方は、日々の生活を優先してそこまで徹底できない周りの方に対して、とても威圧的にふるまうことがたまにあります。

でも、世の中の負の側面を見ないで、きれいなこと、いいことだけをやるのは、実際はとても簡単なのです。

こんなことを聞いたことがあります。

小児麻痺のお子さんたちが暮らしている施設に、近所の人がボランティアで訪ねてくるそうですが、施設の男の子が私の知人に、

「僕たちがおばさんたちのボランティアをしているんだよ」

と話したというのです。

なぜかというと、ボランティアの方はお散歩と称して、みんな自分の家の近くに連れていくからだそうです。子供たちからすれば、僕たちのほうがお付き合いしてあげている、ということなのでしょう。それでも「私はボランティアをしている、人のために尽くしている」と本人は思っています。

でも、本当に何か社会に貢献したければ、有効なやり方はそれこそ、他にもいくらでもあるのではないでしょうか。

少々話がずれましたが、私は、「今、自分のいる場所にとどまり、そこで足を踏ん張ることの大変さ、大切さ」についてお話ししたかったのです。

赤根先生はいつもおっしゃいます。

「今、ここが道場です」と。

ここが修行の場、自分を磨く場です。ここで磨けないものが、山に入って磨けるものか、などとも、時に思います。修行のためにすべてを捨てられる人は尊敬しますが、中途半端な捨て方なら、この場でがんばってみたら、と私は思うのです。

㈦「楽せず楽しく」をキーワードに

天国も地獄もここにある

簡単な家事一つとっても「せねばならない」という気持ちでやると、とても疲れます。でも、お掃除しながら「シェイプアップになるわ」とか、お料理なら「家族がおいしそうに食べてくれる顔を見るのが楽しみ」とか、プラスの発想を取り入れると生き方がまったく違ってきます。

義務感から無理をして何かをやっている人を見たとき私がいつも思うのは、「いやなことはやらないでいたら」ということです。そういう人に「してあげた」と言われると、「それならしてくれなくてもよかったのに」と思ったりしませんか？

私の母も、元気な頃はよくいろいろな世話を焼いてくれましたが、あまり恩着せがましく「してあげた」と言われると、子供心に「頼んでないのに」と思ったりしたものです。ですから、したくないことはしなくていいと私はいつも母に言うのです。そうしないと、お互いにパワーをとられます。

時々私は、自分が楽しいことを見つける天才ではないかとうぬぼれるときがあります。先日も事情があって京都から新幹線に乗らず車で帰ってきたのですが、長い道中、やはり楽しいことを見つけてしまいました。高速を走るトラック野郎の派手なトラックに書いてあるフレーズです。

「女が恋に生きるなら、男一代車屋稼業」

なんて書いてあるのです。「うわ、すごい」と面白がっていたら、次に出合ったトラックはもっとすごい――。

「命二つあるならば、置いていきたいおまえに一つ」。

なんというロマンティストでしょう。どんな人だろうと興味がわいてしまい、「ちょっとあの運転手さんの顔を見たいから、もう少しスピードを出して」と頼んで、追い抜いてもらったほどです。見れば、実際はヒゲもじゃでいかつい顔をしたおじさんで、「ああ、あの人の命が一つでよかったわ」なんて言って笑いました。

何かをやるときは、「ここからどんな楽しみがもらえるかしら?」と私はまず思います。もらえない場合は相手の問題ではなくて、楽しさを見つけられない自分に問題があるのです。

楽しくないことはやらないほうがいいと思っています。でも、それは怠けていいということとも少し違うのです。掃除が楽しくないからとやらないでいれば、埃だらけになりますね。埃で死ぬ人はいないといいますが、限度というものがあります。でも、無理にやろうとしなくても、楽しい友人が訪ねてくるとなると、急に精力的に掃除にとりかかったりするものです。

ですから「楽《らく》せず楽《たの》しく」が私のキーワード。メリハリをつければすべて楽しくできるはず、自分の持って行き方次第です。

たとえば、天国や地獄は死んでからあるのではなく、今ここにあるのだと思って生きてみたらいかがでしょう。なぜって、たった今、ひどく裏切られた体験や、とり返しようのない失敗や、まだ心の傷の癒えていない失恋について考えたら、ここはもう地獄でしょう。今ここで、頭に浮かべるだけでも楽しくなるようなことを思ったり感じたりできれば、ここは天国ではありませんか。だから、天国も地獄も、今ここに、私たちの中にあるのだと私は思います。

「はっきりと」ボケッとしてみる

妄想を断つのが禅だと、赤根先生はおっしゃいます。私たちの不安の多くは妄想です。実際には起きもしないことを心配したり、人の言動を深読みして気を揉んだり腹を立てたり、常に心を忙しくしています。

少しリラックスしようと思っても、あれはどうなった、これは大丈夫かしらと、気掛かりの種は尽きません。

私は赤根先生に、「ボケッとするときでも、はっきりとボケッとしなさい」と教わりました。これから一時間ボケッとするよ、と自分に宣言してボケッとするのと、ただ漫然とボケッとするのとでは、中身が全然違うとおっしゃるのです。

そう聞いて、「ボケッとするときくらい、そんなにはっきりしたくないわ」と思う方もいるでしょう。私も最初はそう思いました。 でも、はっきりとボケッとする、ということの意味が実感でわかってくると、「ボケの時間」が十倍くらい素敵になります。「ボケ」の内容が充実します。

無為の時間が有意義だったと思える人はいいのですが、「こんな時間を過ごしてしまった」と自分を責めるような人だったら、「はっきりとボケる」ということをやってみたらいいのではないでしょうか。

怠けてしまったことで、自分はだめな人間だと自己嫌悪に陥り、ますます何もできないという悪循環に陥ってしまうときが、人間一番苦しいものです。何もしない自分も受け入れてあげることも大切です。「のんびりとしていて、いいじゃない。あくせくしない人、素敵じゃない」と。

今日の「ボケッと」した時間は、マイナスのままではないのです。マイナスは、それをなんとかして消そうとすると、大変なエネルギーが要りますが、無理に消そうとしないで、縦棒を一本足せばプラスになります。

よく例にあげるのですが、私の息子が小学校一年生の時、塀から飛び降りて左手を骨折してしまったことがあります。ギプスをつけていた二カ月間、右手で字を書き、右手で箸を持たなければなりませんでした。普通の人には当たり前のことですが、実は、彼は左利きだったのです。でも、その二カ月の間に、右手も利き腕として使えるようになったというわけです。

伊豆で震度五の地震が起きた時は、ある一家ではこんなことがあったそうです。グラッときた時、家族全員が真っ先に考えたのは、三年間リューマチで寝たきりのおばあさんをどうやって助けようかということでした。

「そうだ、戸板で運び出そう」

と、戸板を取りにいったら、もうおばあさんは外に避難していて「おまえたち、危ないから早く出てきなさい」

と言ったのだそうです。

震度五の地震のような災害が、三年間寝たきりだったおばあさんを歩けるようにしてしまうのですから、不思議です。

マイナスは決してマイナスのままで終わりません。そのときはマイナスでも、そのうち縦棒がついてプラスに転じるはずです。

楽しいことを三つ思い出そう

マイナスはマイナスのままで終わらないとは言っても、マイナスのときはやはり苦しいものです。そういうときは、「そんなに苦しいことばかり考えないで」と言っても無理ですから、逆に楽しいことを思い出そうとしてみてはどうでしょう。

私は悩みの中に落ち込んでいる自分を見つけると、「これはいけない」とばかりに、できるだけ違うこと、楽しいことへと考えをシフトするようを心がけています。自分の思考がマイナスのレベルで空回りしていることに気づいたときに、感情をうまく切り替えられるかどうかは、日頃から上手な気分転換を自分に習慣づけているかどうかにかかっているのではないでしょうか。

私は赤根先生から、今日一日でよかったと思うことを、毎晩寝る前に七つ数えてみなさい、と教えていただきました。ふだんの私は枕に頭をつけたとたんに寝てしまうことが多いので、七つではなく三つ数えることに決めています。そして、「今日もいい日だった」と、体の六十兆の細胞すべてに感じさせて眠りにつきます。

時折、夜中にふっと目が覚め、「あの問題をどう解決したらいいのかしら」と考え始めてつらくなる時もあるのですが、そういう時は、問題はもう別のところに置いて、楽しいこと、いいことだけを考えるようにするのです。

苦しい時に楽しいことを考えたり思い出したりするのは、難しいと思われるかもしれませんが、何回か繰り返しやるうち、自分のものにできるようになります。

それに、何度も死にかかった私には、「今日はよかった」と思えることが、それこそ奇跡のごとくあります。目が覚めたのが素晴らしい、息ができるのが素晴らしい——。病気の時は、明日は目覚めることができるのかしらという不安におびえ、病状が一番重いときは次の呼吸をどうするかしか考えられませんでしたから。

いいことなんて、契約がとれたとか上司に誉められたとか、好きな人が振り向いてくれたとか、そんな大それたことでなくても、今日は晴れてよかった、あるいは雨が突然降ってきたけれど折りたたみ傘を持って出たから助かった、バスに間に合った、レストランの店員の感じがよかった、などいくらでもあげられます。事故に遭ってもけががなかった、財布を盗まれたがクレジットカードは無事だった、など、悪い出来事の中にも「いいこと」は起こっているのです。

朝は夜よりも明るい

私はずっと主人の母と同居してきました。亡くなった今では、いい姑だったと思えるのですが、やはり、一日中顔をつきあわせているのがつらい時期もあったのです。そんなことも、私が後に会社を興して自立するきっかけになっていると思います。

ですから会社を始めるまでは、いつも夜になると、家を出て行くことばかり考えていました。十二時頃帰宅した主人がお風呂に入ると、浴室のドアを少しだけ開けて「あなたのお母様にひとこと!」「嫁いびりもはなはだしい!」などと訴えて、今日こそ出ていこうと思うのです。

ところが、子どもを一人おぶって、一人手を引きながら外に出てみると、そういう日は決まって雪が降っていたり、風が強かったりします。これではこの子たちに風邪をひかせてしまう、とあきらめてすごすごと家に入るのです。そして、こう思うのです。「明日の昼間出ていけばいいわ」と。

ところが、朝がきて、太陽が輝き出すと、もうそんなことを考えている暇はなくなります。子供を追い掛け回して時間に追われ、前の晩「家を出よう」と思ったことなんか、昼間はすっかり忘れています。人のために夢中になっていたら、我を忘れる——無我夢中という言葉を実感させられる体験でした。

夜、暗い中で難しい考え事を始めると、ろくなことはありません。やはり夜は楽しいことを考えるようにしたほうがよいのです。「朝は夜より明るい」というのが私の持論です。

さて、私の家出は実行されたのでしょうか。

実は、嫁に行った以上、「実家に帰らせていただきます」という言葉を一度は使ってみたいと思っていました。そして、ある日、その切り札を使うチャンスがやってきました。子供たちが寝ている時を見計らって、主人にその言葉をぶつけたのです。

実家の両親にはいつでも帰ってきなさいと言われていました。そういう親の言葉は娘にとってはありがたいけれども、同時にとても重いものです。一度戻ってきたら、もう二度と出ていかないでという意味が込められているようにも思えます。だから帰るわけにはいかないと思っていました。

主人がお風呂に入っている時、「これで実家に帰らせていただきます」と言い捨てて、私はどこへ行ったかというと、納戸です。その晩はそこで眠るつもりでした。納戸からはほんの少し明かりが漏れていたようですが、主人はそれに気づかず、駅までガウンを着たまま追いかけたそうです。実家に電話をしても私は帰ってきていないと言われ、そこいらじゅうを探し回ったと言っていました。いったん家に戻り、「そうだ、ガウンのままじゃいけないから着替えよう」と思った時、納戸の明かりに気づいたそうです。開けてみたら、寝息をたてて眠っている私がそこにいた、というわけです。

ええかっこしいで優等生タイプの私は、両親にも義理の母にも絶対に心配を掛けたくはなかったのですが、主人のことは、ちょっとだけ脅かしてみたいという思いがあったのでしょう。一度は使ってみたかったその言葉を、この時、本当に一度だけ使ってみたのです。

失敗からではなく、成功から学ぶ

仕事をやるなら楽しくやりたいと私は思っています。そこからどんな楽しさを見つけられるだろう、といつも考えます。代理店さんを見ていても、そういう姿勢で仕事に取り組んでいる人のところには、いつも人やチャンスが自然と集まってくるということを感じます。どんなたわいのない楽しさでもいいと思います。空想や夢物語でも結構ではありませんか。

私は自由になるお金が手に入るようになったら、やってみたいことが二つありました。

一つは、糊のきいたベッドシーツを毎日替えること。

講演や研修などで旅行の多い私は、よく国内外のホテルに泊まります。疲れて部屋に戻ったあと、プロの手で完璧にベッドメイクされ、しわ一つないシーツがピンと張られたベッドに入る時、いつもとても幸せな気分に包まれます。一流ホテルでしか味わえないあの気持ちよさを、自宅でもやってみたいと夢想していたのです。それが私の考える、一番の贅沢でした。

一週間、自宅で実行しました。でも、それが限界。というのも、すぐに主婦心が出てきてしまって、今日はまだこれでいいわ、あと二日はもつわね、などといっているうち、一週間に一度取り換えるという元のペースに戻ってしまったからです。

毎日入浴してからベッドに入るわけですから、大して汚れません。一日寝たシーツに翌日また寝ても、やっぱりいい気分。そういう贅沢を一度はやってみたいと思いましたが、実際にやってみたら、大して意味がない、面白くもなんともありませんでした。というわけで、これは失敗。

もう一つは、新聞をつくること。

普通の新聞には悲惨な事件ばかりが載っていますが、私はすごく楽しいことをやった人や、すごくいいことをやった人など、世の中のプラス面だけをピックアップして、「こんなにいいことがありました！」という新聞をつくりたかったのです。でも、楽しいことだけを書いた新聞なんて、受けないし売れないだろうと人に言われ、あきらめました。どうも、人間には自分より不幸な人を見て、自分の幸せを確認する習性があるようです。

それで思い出しましたが、私どもの会社では成績優秀な人を毎月月報に載せるのですが、そこに載らない人は月報を見ても、一つも面白くないと言うのです。ところが、自分も晴れて成績優秀者の仲間入りを果たしてそこに載ると、とても楽しい、来月またがんばろうと思う、と目を輝かせて言うのです。

人間というのは、悲しいかな、成功した人からあまり学ばないところがあります。みんな、失敗した人から学ぼうとしています。

一度社内でこういうことがありました。社員の中で、一人とても嫌われている人がいて、その時はその人以外の全員がとてもよくまとまっていたのです。「あの人のようになりたくない」という共通の思いがあったからなのでしょう。ところが、その彼女が辞めたとたん、何となくバラバラになっていったのです。反面教師が一人いるだけで、全体がどれだけまとまるか――、それをその人が教えてくれました。

でも、本当は、人の失敗からより成功から学んだほうが、得るものが大きいのではないかと思うのです。そのためにはものごとのプラスの面を見ていくように、自分のものの見方を意識的に変えていかないとだめでしょう。プラスの波動のほうがいいものをもらえるし、運がいい人と付き合ったほうが、自分の運もよくなるものです。

その人と会うと、何だかこちらまで落ち込んだり疲れたりしてしまう人っていますよね。その反対に、会った瞬間、きらきら輝いて見える人もいて、つられてこちらまで生き生きしてきたりします。

赤根先生を訪ねると、入っていったとたんに張りのある声で、「お元気ですか！」と、私より先に声をかけてくださいます。すると私もつられて、どんなに疲れていても、「ハイッ、元気です！」と大きな声で答えていて、その自分の言葉から元気がもらえてしまったりします。

成功した人をみて「素敵だな」と思ってもそこからなかなか学ぼうとしないのは、成功者を「すごいわね」と神棚にあげてしまい、自分とその人の距離を縮めてみようなどとは考えないからかもしれません。

変な例えですが、ダイエットに一番熱心に取り組むのは、「その位がちょうどいいのでは？」と思えるような体型の人で、逆に健康上からも美容上からもダイエットが本当に必要と思われる人は、まるでダイエットに無関心だったりします。どうせ無理だと、はなからあきらめてしまうからでしょうか。成功者より失敗者から学ぼうとする心理は、どこかダイエットをあきらめた人の心理と似ている気がします。

でも、どうせ他人をお手本にするなら、「ああはなりたくない」より、「私もああなりたい」と思ってがんばったほうが、ずっといいパワーがもらえるのではないでしょうか。ある時期までは、自分や他人の失敗から学ぶことも大切ですが、さらなる飛躍のためには、プラスから学ぶ姿勢が必要となるでしょう。

(八) 女性が仕事をするということ

「○○の妻」より一個人として

私が社会に出て仕事を始めた頃は、女性が力を発揮できるような場を、企業の中で見つけることがとても難しい時代でした。ですから、私の世代でキャリアを志した人たちの中には、「女性の道を切り拓いていけるのは、私たち女性しかいない」という気概を持って、企業や社会を変革していこうとする女性たちがいました。

私も、後輩が歩きやすいようにと、茨を踏みつけ踏みつけ、道を作ろうと努力してきた働く女性の一人のつもりですが、本当の意味での女性の自立を考えると、残念ながらまだまだという思いがあります。二十年も前から「女の時代」と言われてきましたが、現実の社会の状況は一進一退で、女の時代なんて、私には「今ようやくその足音が聞こえ始めたかしら？」と感じられるくらいです。働く女性は急増しましたが、若い世代では逆に、「専業主婦願望」などの保守化傾向が進んでいたり、女性の置かれている状況は、ひとくくりで語れない時代になってきました。

価値観が多様化して、生き方の選択肢が広がったように見える分、迷いも増えます。ひと昔前の女性に比べたら自由になったとはいえ、夫婦の問題、子供の問題、そして家族の問題でつまずきを感じている女性は依然としてたくさんいます。

特に最近気になるのは、子育てに悩むお母さんが、自分自身を責めて心を病んだり、苦しさから子どもを傷つけたりする事件がとても増えていることです。あるいは、お母さんが自分の関心とエネルギーのすべてを子どもに注いでしまうケースも気になります。支配や束縛と紙一重の愛し方が子どもを追いつめ、その結果として、思春期以降に表面化した深刻な親子問題に悩む家庭が増えていると聞きます。

そういう話を耳にするたび、「その女性がもし、打ちこめる仕事を持っていたら、どうだったのだろう」と、思わずにはいられないのです。

もちろん、事件やトラブルの原因というものは、複雑に絡み合っていることのほうが多く、「仕事を持っていれば」「専業主婦でなければ」といった単純な発想で片づけられるとは思いません。

ただ、一つ言えることは、「家庭」とか「子供」だけでなく、社会と接点をもって、そこに心理的な居場所があれば、もう少し広い視野で、客観的に事態を眺めることができたのではないか、ということです。

私はずっと仕事を続けてきた人間ですから、つい仕事をと考えがちですが、別にそれは仕事でなくてもいいかもしれません。極端な話、バリバリのキャリアウーマンだろうと専業主婦だろうと、どちらでもいいのです。どんな選択をしたとしても、一個人としての生き方を持つことが、女性にとってはこれからますます大切になってくるのではないかと私は言いたいのです。

仕事柄、いろいろな方にお目にかかる機会があり、いつもいい刺激を与えていただくのですが、生き方として「これだけはどうかしら」と、あまり共感できない女性に出会うことも、まれにあります。タイプはそれぞれ違うのですが、彼女たちに共通しているのは、夫の社会的な地位を自分の地位とはきちがえている点です。たとえば、それは代議士夫人であったり、一流企業の部長夫人であったり、有名人の妻であったり——。

夫が社会の中で重要な役割を果たしていれば、その妻に対しても周囲は当然敬意を表するでしょう。でもそれは、あくまで夫への敬意の延長です。ところが人間は弱いですから、いつのまにか自分まで偉くなったような錯覚に陥ってしまうのでしょうか、横柄な態度が身についてしまう方が時々いらっしゃいます。それがかえってその方の世界を狭くしてしまっています。

私は西舘好子さんとある会でご一緒しているのですが、彼女がご自分を振り返って「そういう間違いって、やっぱりあったわね」と明るくおっしゃるのを聞いて、その率直さに教えられるものがありました。西舘さんは、ご存知の通り、作家の井上ひさしさんの元奥様です。原稿を受け取りに見えた編集者からいつも「奥様、奥様」と持ち上げられていたので、自分が作品を生み出しているわけでもないのに、どこか勘違いしていたところがあったと思う、と素直におっしゃいました。西舘さんのような聡明な方でも、置かれた状況によってはそんな間違いを犯すこともあるのだと聞いて、絶えず自分の原点を振り返ることの大切さをあらためて教えられた思いでした。

誰々の妻、ではなく、自分の名刺を心の中にもって生きること。

誰々ちゃんのお母さん、ではなく、自分の顔を持って生きること。

傲りをなくして一個人として生きること。

本物の自信はそういう生き方からしか生まれないということを、忘れてはいけないと思います。

女には女らしい生き方がある

男女平等が形の上では当たり前の世の中になりました。実態としては、まだまだ残された課題がたくさんあると思いますが、ともあれ、女性の活躍できる場が広がったのは喜ばしいことです。

ただ、私は感覚が古いのかもしれませんが、男女平等の影響として、一つ気になることがあるのです。それは、女性が男性に伍して働こうとするあまり、女らしさの文化まで捨てようとしているように見えることです。

町を歩いていると、時折、くわえ煙草の女性や、道端に座りこんでいるジベタリアンのお嬢さんたちに出会います。私には、同じ女性として、とても違和感を覚える光景です。女らしさからは程遠い彼女たちのしぐさに、思わず目をそむけたくなりますが、もしかしたらそうした行動の裏に、表現したい何かを隠しているのかもしれない、とも思います。自己を確立していく過程で、若さにまかせていろいろなことをやってみたい時期があってもいいでしょう。

でも、そういう年齢を通過した後は、もう一度女性である自分を振り返ってほしいのです。仕事をするにも何をするにも、やはり女性には女性のやり方があっていいのではないかと私は思うのです。

たとえば、お茶も男性が入れたっていい、とよく言われますが、私は「ぬっとした男の手で出されるよりは、女性のほうがよくないかしら？」と思ってしまうほうです。ですから、お昼休みに社員のお友達がいらしても、まわりに男性社員しかいないようなときは、私が自分でソファにご案内して、「お待ちください」と、自分で入れたお茶をお出しします。それが私にはとっては自然な生き方です。

「女らしさ」の中にも、度胸だとか根性だとか、男よりすごいものがたくさん備わっています。たとえば、倒産した会社の社長夫妻を見ているとそれがよくわかります。妻のほうは、倒産した翌日から公民館の掃除婦の仕事を見つけてきたりして、すぐに行動を起こします。夫は、あいつが悪い、こいつが悪い、そんな後ろ向きのことばかりにとらわれて、現実に働きかける力をすっかり失ってしまったりします。いざとなったら、女性のほうがすごい強さを発揮するということを、私はこれまでの体験から知っています。

これだけ働く女性が増えてきた今、「仕事のできる女性=男まさりの女性」という、旧来のイメージ通りの生き方は、あまりにステレオタイプで、むしろ時代遅れではないでしょうか。女性が仕事の道を進む上で、無理して男性と張り合ったり、男性の真似をする必要はもうありません。女は女らしく、肩肘張らずに仕事も経営もしていけばいい、私はそう思うのです。

悪口、中傷から何を学ぶか

女性の本質の中には、男性をしのぐほどの強さが潜んでいると書きましたが、弱点はやはりあります。それは他人からの中傷です。男性がさほど気にしないようなつまらない中傷で、女性はひどく傷ついたり、気に病んだりする一面があります。

でも、この本の最初のほうでも書いたように、他人がどう思うかで気をもんでいたら、自分の人生を生きられません。そこに少しでも早く気づいて、周囲の雑音をあまり気にしないでいられるようになれたら、女性は女性のままで、十分男性に引けを取らずやっていけるのではないかと思います。

だいたい、悪口というものは、言われている時が華です。そのくらいに思ったほうがいい。大事なのはそこから何を学ぶか、ではないでしょうか。

もっと言えば、悪口や欠点というものは、それを指摘されたあなた以上に、指摘した側の中にあるものです。自分の中にその欠点を持っていなければ、相手の中に見出すことはできません。

私自身の体験をお話しましょう。

会社を辞めた元社員数人が独立して別の会社を興した時のことです。彼らは自分たちの会社を軌道に乗せるために、私をあちこちで中傷するよう呼びかけたらしいのですが、私はそれを代理店さんから聞いて初めて知ったのです。

その代理店の方は、「社長のことを昨日まで誉めていたのに、こんな言われ方をして悲しい」と私のために涙まで流してくれました。それで、どんなことが言われているのか尋ねてみたのです。彼女の説明には「こすっからい」（ずるくて抜け目がない、の意）という形容詞が出てきましたが、当時の私は恥ずかしながら、その言葉を知りませんでした。三十代の前半だったと思います。

意味がわからないので、後で母に聞いてみると、

「ああ、あなたにはその言葉の意味はわからないでしょうね」

と、言われました。

その時実感したのです。「何でもいいからあの人の欠点を言え」と言われた場合に、口をついて出てくる言葉は、その人自身の欠点なのだということを。

だとしたらなおさら、他人が勝手に口にした言葉で思い悩むことはないでしょう？

もちろん、そこから学ぶことも忘れてはいけません。指摘されたマイナス面が仮に的外れだったとしても、そこには何か自分についての真実も隠されているはずですから。自分は日頃、対人関係で何を優先しがちなのか、人とコミュニケートする上で、どんな癖があるのかなど、そこから学べる何かが必ずあります。だったら、「そんなことまでわざわざ教えてくれて、ありがとう!」でいいじゃないですか。

裏を返せば、相手の長所だって自分の中になければ見抜けないということです。つまり、相手の長所は自分の長所だということにもなりますね。そんな見方ができたら、もっと心豊かになれるではありませんか。私の悪口を言ってくれた人がそれを教えてくれました。

女子社員から教わること

女性の社会進出が進んだわりに、企業の中には女性の能力を上手に活かす風土が育っていないという現状があるようです。もちろん不況の影響も色濃く影を落としているのでしょう。

そこであきらめてしまったのか、あるいはキャリア志向の反動なのか、若い世代の間には家庭回帰願望などの保守化傾向が見られるという話を時折耳にします。一流企業に採用され、総合職や専門職に就くことができても、結婚や出産を機に、あっさりと会社を辞める女性が増えているそうです。

私自身の周りには、我が社の女子社員を含め、仕事に前向きな女性が多いのであまり実感はありませんが、「そんな若い女性の生き方をご覧になって、茨の道を切り拓いてきた世代としては、物足りなさを感じませんか?」と、感想を求められることがあります。

でも、私の世代だって、上の世代から「今の若者はだめだ」と言われて育ってきたのです。社会状況の変化に伴う価値観の転換を含め、その世代にはその世代にしかわからない選択の基準というものがあるのでしょう。

むしろ私は、一緒に仕事をしている若い世代にいつも感心しているくらいです。新入社員も私の時代の若者より、ある意味ではずっとしっかりしています。二十代の頃の自分を振り返り、「私にこんなことができたかしら?」と思うようなことを、何の苦もなくこなしているのを見ると、尊敬してしまうほど——。ワープロもコンピューターも満足に扱えないのは社内を見まわしても私だけですから。

とはいえ、マナーや言葉遣いなど、気になる面は確かにあって、それを通して、家庭における教育のあり方が私の時代とだいぶ変わってきていることが想像されます。でも、百パーセント完ぺきなんていうことは世の中にはありませんから、そう考えると、今の若い人たちは実によくやっているのではないかと思っています。

結局、仕事とは何かというと、人と人とのやりとりではないでしょうか。そこには上も下もなく、私自身が教わることも少なくありません。

たとえば「これをあなたに任せるわ」と言うと、一週間後でも何とかなる仕事を翌日仕上げてくる人がいます。翌日に持ってくるためには、どう考えても徹夜をしたはずなのに、涼しい顔をして「できました」と提出してくれます。そんなときは目頭が熱くなります。

我が社には子育て中のお母さんがたくさんいらっしゃるし、なかには母子家庭の方もいらっしゃいます。口に出さずとも、仕事と育児を両立させるために、彼女たちがいかに苦労しているかがわかるので、思わず涙が出そうになるのです。

私自身、子どもが小さい頃、非常に苦しい時期がありました。そういう時は、疲れていても車を使わず、歩いて家に帰ります。心の中にわだかまったもろもろの感情を、歩きながら少しずつ捨ててゆくのです。そんなふうに心の整理をしてからでないと、家のドアを開ける時、明るく「ただいま」と声を掛けられません。そんな自分もあっただけに、きちんと仕上げられた書類の向こうに何があるのか、私には見えるのです。

みんなそれぞれの立場があり、人生がある。それらすべてを引き受けながら、仕事という場を通して、一生のうちのある一時期をその人と共に過ごしているわけです。私はいつも、がんばってくれる女性たちの後姿を見ていると、言葉には出さなくても感謝の気持ちでいっぱいになります。会社ですから、上司とか部下とか、経営者とか社員とか、目に見える立場上の違いこそありますが、一人の人間として彼女たちが見せてくれるものに、こちらのほうが教えられる毎日です。

働く女性にとって残された課題は

女性が今後、社会の中でますます活躍していくために、残された課題は何でしょう。女性の能力は男性に引けを取らないと思っていますが、もし女性が仕事をしていく上で、犯しがちな過ちがあるとしたら、それは何かを考えてみました。

一つは、責任のある立場になればなるほど、「自分がいなくちゃ、ここはまとまらない」と思いがちなところではないでしょうか。

それは、仕事だけではなく、家庭の中でも言えることかもしれません。この本の中でも、息子さんの看病があるからと、旅行を直前にとりやめようとした女性のエピソードをご紹介しました。彼女が病気の息子さんを残して旅行に出かけた結果、父親の献身的な看病を通して父と子の絆を確認し合えたというプラスの出来事こそあれ、まずいことは何一つ起こりませんでした。

「自分がいなくちゃ家庭はまわっていかない」という発想は、もしかしたら思い込みに過ぎず、見方を変えるとある意味では傲慢ですらあります。「旅行に行けない」という知らせを受けた私が、そのことに気づいたのは、私自身が我の強い人間なので、いつも自分を戒めているからです。私がいるからこの会社が動いているなんて考えたら、それは大間違い。この仕事は私の好きなことだから、楽しいから、生きがいだからやらせていただいているのです。「私がいなければ」と我が出た瞬間から、その人はいなくていい人だと私は思っています。

もう一つは、泣くことです。感動で流す涙はいいのですが、女の武器みたいな泣き方は、女性が社会で正当な評価を受けられるようになるためにはマイナスです。女性であることの甘えから泣く人を、私はあまり信用していません。

ただ、女性が感情的になることも悪くないかな、と思うこともあります。

たとえば、ミーティングなどで、なかなかいい提案がなされたとします。ところがその発言者を人間的に好ましく思っていない場合、「あの人の言うことなんか」という、ごく私的で感情的な理由からその意見を受け入れたくない自分というものを、女性はわりあい素直に認めます。

一方、根本のところでは女性と同じような感情を持ちながら、私的感情に左右されてはいけないと自分を抑圧しがちな男性は、相手の意見を理論で封じ込めようとします。賛同できない理由を無理やり論理的に組み立てようとするので、どうしても理屈っぽくなり、議論は空回りしてしまいます。

人間は男女を問わず、いろいろな感情に動かされる生き物です。それを率直に表現できるということは、視点を変えると男性にはない女性の良さかもしれません。

仕事人としての女性の問題点は、長年、働く女性とたくさん接してきた私から見ても、せいぜい今挙げた二点です。女性はち密だし、責任感は強いし、コツコツ続ける粘り強さも持っているし、仕事の上で男性に劣ると思ったことは一度もありません。

そうした問題とはまた別に、これからの女性が長く元気に仕事を続けていく上で、考えておかなければならないテーマがもうひとつあります。

それは、更年期の問題です。

結婚退職が当たり前だった時代とは違い、働きながら更年期を迎える女性が増えているからです。

多くの女性が更年期に入ってから悩まされる心身の不調について、以前はあまり公けには語られませんでしたが、近年では更年期障害という病名でさかんにクローズアップされるようになりました。ほてりやのぼせなどの身体上の不快感のほかに、不眠やうつ症状といった、精神的な症状に悩まされる人が多いようです。女性ホルモンの減少が主な原因で、閉経前後の十年の間に約半数の女性がかかるそうですが、何の苦もなく通り過ぎてしまう人もいれば、何年間にもわたって苦しんでいる人もいて、個人差は大きいと聞きます。同性だから悩みを共有できるというわけでもないところが、当事者としては逆につらいところなのでしょう。

私自身は今のところ自覚症状はありませんが、友人・知人や先輩などの話を聞いて、これは大きな問題だと感じています。

社員や代理店を含め、仕事で接する女性の中にも、ひそかに苦しんでいる方がたくさんいらっしゃるようで、「やけに感情的な人だな」と内心不愉快に思っていたところ、「実は、更年期障害なんです」と打ち明けられたりしたことが何度かありました。この障害に対する社会全体の理解と、それを支える体制の必要性を痛感します。もし無愛想な対応をされても、それが更年期障害によるうつ状態のせいだとわかれば許せるでしょう。でも、知らなければ人間関係にひびが入ります。重い症状の場合は、仕事を辞めなければならない事態に陥るケースも出てくるはずです。

働く女性はこれからますます高齢化していきます。更年期対策は女性自身にとっても、企業や組織のリーダーにとっても重要な問題になってくるでしょう。

今私は、女性が社会で働きやすい環境を創っていくために、たとえば更年期休暇制度のようなものが必要かもしれないと考え始めています。そういえば、私が社会人になって初めて取り組んだのが、女性のために生理休暇を獲得する運動だったことを思い出します。

「女性がイキイキと働ける職場をつくりたい」という願いから私は会社を興しました。更年期の女性をどうサポートしていくかという問題への取り組みは、そんな私に残された最後の課題かもしれないと、新たな使命感を抱いています。

㈨　仕事の苦労も喜びも成長の糧に

断られることを恐れずに

仕事をしていれば、自分と異なる意見を持つ人や、価値観を共有できない人と出会うこともあります。そこでは、互いの違いを認め合いながら、事を進めていくコミュニケーション能力が必要となってきます。当然、こちらの提案が受け入れられずに終わるケースもあるでしょう。営業や販売という仕事は特にそうで、「断られる」という体験がつきものです。

ところが、その「断られる」という体験を受け入れられない人がとても多いように思えます。一歩踏み出せなかったり、最後まで話を詰められなかったり、うまく仕事に結びつけられないのは、結局は断られることが怖いからではないでしょうか。

実を言うと、若い頃の私も、自分の考えや提案が否定されると、まるで自分自身が否定されたように感じて簡単に傷ついていたものです。

会社を始めた当初もやはりそうでした。

たとえば、私共のビジネスをお勧めする時、こんなふうに説明します。

「私の仕事は、女性の能力を社会に還元するお手伝いをすることです。商品を売りに来たのではありません。ビジネスを始めていただきたいのです。私自身も仕事を通して自分を磨いていきたい、後悔しない人生を送りたいと思って取り組んでいます。そんな考えに共鳴していただけるなら、ご一緒にいかがですか」
そんなふうに会社のビジョンや私の夢をお話しして、すべてご理解いただいても、やはり断られることがあります。その時、断られたのは当社の商品でありビジネスなのに、まるで自分の全人格を否定されたかのように落ち込むわけです。仕事と自分がごっちゃになって、その区別がなかなかつかなかったのです。

それがある時、パッと分かれたのを感じました。仕事が断られても、自分自身の存在価値ときれいに切り離して考えられる瞬間があったのです。それは禅との出合いのおかげだと私は思っています。禅的な生き方を通して、徐々に違うものの見方ができるようになり、今まで思い煩っていたいろいろなことが、自分の中ですっきりと整理され始めていたからでしょう。不思議なくらいはっきりと、仕事と自分の境界線が見えてきたのです。

それ以来、ビジネスで断られてもまったく傷つかなくなりましたし、また、断られることを恐れずに、積極的に提案できるようになりました。

セールスには自信がない、どうせ断られるのではないかしら、と一人で思い悩んでいる人に、私はこうアドバイスします。

「こちらは商品の説明をすればいいのです。その上で必要かそうでないかは相手が決めることで、こちらが決めることではありません」

「もし、断られたとしても、それは商品が断られたのであって、あなた自身が断られたのではないのですよ」
そういうことが実感としてわかるようになれば、自分がとても楽になり、仕事もうまく進んでいくはずです。

形ばかりの「理由」にとらわれない

長年ビジネスの世界に生きてきて感じるのは、こちらの提案を断ろうと決めた人は、断る理由をどこからでも見つけてくるということです。そして、理由の細部は違いますが、よくよく見れば断り方のパターンは大体決まっていることにも気がつきます。

たとえば当社のビジネスに関していえば、「子供がまだ小さいから」「家族が反対しているから」「お金（開業資金）がないから」「夫の社会的地位が高いので、妻がサイドビジネスを始めるわけにはいかないから」――、ほとんどの方が、ビジネスを始められない理由を自分以外のせいにしてきます。

私はそういう体験を通して、何かをやれない理由、できなかった理由をその人がどれだけもっともらしく説明しても、その「理由」自体にあまり意味がないということがわかってきました。

たとえば遅刻をしてくる人は、みんな理由を言います。お母さんが病気だとか、道が渋滞していたとか――。自分が頭が痛くて、おなかが痛くて、と説明する人はあまりいません。そんなことを言うと、具合の悪いそぶりを続けなければならないからでしょう。

結局、理由というのは、何かをできない人、できなかった人にだけあるものなのです。遅刻をしなかった人には理由はありません。

よく講演でもお話しするのですが、私のいとこなんて、学校や会社を休むたびに「叔父が死にました」と言って、私の父を七回も殺しました。ずいぶんでしょう? 自分を正当化するためには、叔父を何度でも殺すというのが人間なんですね。

休みは休み、遅刻は遅刻。理由は後からいくらでも付いてくるのですから、そこにあまりとらわれていてはいけないと気づきました。理由にこだわっていると、つじつまの合う理由で事態を正当化できればそれでいいのか、ということになります。私は社員からそれを学びました。

学んだというのは、反面教師として、という意味ではありません。私自身も、

「出がけに来客が――」

「海外からの電話が長引いて――」

と、嘘ばかりついて、遅れた理由をつい他人のせいにしてしまうことがあります。理由は何であれ遅刻は遅刻でしかないということと同時に、ついそういうことをやってしまう人たちを、自分も含めて許せるだけの鷹揚《おうよう》さ、寛大さがあってもいいだろうと、ある年代を超えてか

ら思うようになったのです。

だからいいじゃないですか、遅れたら遅れたで。できなかったら、できなかったで。そこで無理に理由をひねりだしたり、問い詰めたりしてエネルギーを消耗するくらいなら、そのエネルギーをお互い次のアクションのために使った方がよほど建設的だと思います。

決断と行動からすべてが始まる

決断するということは、ものすごいエネルギーが必要です。そのかわり、決断を下したあとは、おのずと次のステップが見えてくるものです。

この本の中で、「私共の会社の代理店をやりたいけれども——」と、ご相談に見えた方のお話をご紹介しました。

「『やりたい』ではなく、『やります』『やりません』の二つに一つではないですか」と私がお答えしたところ、彼女はやおら立ち上がり「やります！」と宣言して、そのとたんに、開業する上でいちばん気掛かりだった資金の問題もあれよあれよと解決してしまいました。

私が思うに、「やる」と言うのも決断ですが、「やらない」というのも決断です。どちらも成功者のパターンです。「考えておきます」という人は、優柔不断な人。私はそういう人を絶対ビジネスで追い掛けません。「イエス」「ノー」をはっきりさせられない人は、日常の生活でも同じような行動パターンをとり、常に問題を解決できずに、悩みを抱えています。

やるもやらないも同じ決断ですが、私が面白いなと思うのは、「やらない」と決断した人のほうが、結局は「やる」場合が多いということです。

札幌の京王プラザで私が講演会を開いた時のエピソードをお話ししましょう。講演の最後に会社のお話をして、代理店をやってみたいと思う人に挙手をお願いしたら、出席者の七十二人中、六十八人の方が手をあげました。そのうちの何人かは、「やってみたい」ではなく、「女房にやらせます。明日連れてきます」ときっぱりおっしゃいました。反対に、翌日の説明会には出席できないと明言なさったのは、残りの四人でした。

「明日は足のギブスをはずしに病院に行く日だから」

「主人が反対だから」

「生命保険の外交員をやった時、それで人間関係をこわしてしまった経験があるから」

「物を売る仕事の経験がないから」

「やらない」「行けない」と決断した理由はそれぞれ明確でした。

ところが、翌日の説明会には、その四人の顔があったのです。

「昨日はやらないとおっしゃっていたのに、なぜ?」と尋ねたところ、こんな答えが返ってきました。

「病院に問い合わせたら、ギブスをはずすのは今日じゃなくてもいいと先生に言われました」

「講演を聞いてうちに帰ったら、主人に『お前のそんな生き生きした笑顔を見るのは久しぶりだ』と言われました。何があったのかと聞くので棚沢社長の話を聞いて元気が出たと答えたら、反対していたはずの主人が『それなら明日行ってきなさい』と勧めてくれたのです」

あとのお二人も同様に、前日にあげた理由がなくなったからここへ来たとおっしゃいます。「やらない」とすぐに決断できる人だからこそ、「やる」と決断するのも早いのです。

おかしなもので、「できない」と言った人は、会場から出たとたん、「ひょっとしたら私にもできるかしら」と思うものだし、「できる」と言った人は、会場を後にしたとたん、「もっといい仕事があるんじゃないか」と思うものです。ですから、「やらない」と決断した人が、「やる」という決断に変わることは、案外少なくないのです。

決断力について私自身のことをいえば、どちらにするかと問われた瞬間に、こっちと決められるようなところが私にはあります。世の中には石橋を叩いて渡るタイプの人も多いですが、私は子どもの頃から、何の躊躇《ちゅうちょ》もなく渡ってしまうようなところがありました。

中学生の時のこんな体験を思い出します。

運動場へ行く道の途中に小さな川がありました。川の向こうへ行くためには、橋のある場所まで五十メートルほど迂回しなければなりません。運動場はすぐ目の前にあるというのに、回り道をしなければならないもどかしさ。川幅は三メートルほどで、跳ぶことはできないけれど、何とかなりそうな距離にも見えます。

当時仲良しだった友達二人と私は、ある日その小川のほとりに竹が落ちているのを見つけました。真中から縦に割れていて、長くてかなりしっかりした竹でした。三人で力を合わせて持ち上げ、川に渡してみたところ、果たせるかな、向こう岸に届いたのです。私たち三人はしばらく顔を見合わせていました。橋がかかったからには、誰かが渡ってみなくては、とみんな思っていたのでしょう。

気がつくと友達は二人とも私の顔を見ています。二人の視線に「あなたが言い出したのだから、あなたから渡るべき」という空気を感じました。

もうしょうがない、と覚悟を決めて「エイッ」とばかりに、私は竹の上を駆け抜けました。気づいた時は向こう岸にたどり着いていました。

次に渡ろうとした友達は、竹がしなって折れ、川に落ちてしまいました。最後に残った友達は、川には落ちずにすみましたが、当然渡るチャンスもなくしてしまいました。

最初の人ができるかどうかを見てから渡ろうとした二番目の人は川に落ちてひどい目に遭いましたが、かといって、三番目の人のように、トライすることもなく終わる生き方はあまり面白くありません。私はこの時、最初に決断し、行動した人にだけは、神様も力を貸してくださるということ、そして二番煎じではだめだということを肌で感じたのです。

私の決断と行動の原点にあるのは、中学時代のこの体験です。ですから、会社を設立する時も、私には不安はありませんでした。うまく行くかどうかさえ考えたことはありませんでした。何ごとも最初に始めるには勇気がいるし、リスクも伴いますが、私にはそういう生き方が合っているのだと思います。

大きな問題にどう立ち向かうか

私は日本経済が今よりももっともひどい混乱状況にあったオイルショックの時期から会社を始め、バブルの絶頂と崩壊、その後の大不況を経験してきました。振り返れば、何度も困難な問題に直面し、それを何とか乗り越えて今日に至っているわけです。

目の前が真っ暗になるような事態にぶつかったとき、それにどう立ち向かってきたのでしょうか。

私のやり方は、まず最初に、

「最悪どうなるの？」

と考えることから始まります。そして、

「命はとられるの？」

と自問します。

どうも命はとられないですみそうだとわかると、解決するためのアイデアを書き出します。

そして、その方法を採ったときのメリット、デメリットを思いつくだけ書き留めて、その両方が同じくらい出てきたときは、客観性を失わずに、事態を冷静に分析できている自分にひとまず安心して、今度は腰を落ち着けてデメリットをどうカバーするかを考え始めます。

でも、そのメリットもデメリットもろくに出てこないときは、まだ解決には遠いと考えます。

私はたいていの場合、そんなふうに最悪の状況をイメージすることで問題の輪郭をはっきりさせ、どうすればそれらを回避できるかを一つひとつ検討していく、という考え方をしています。

ですから、私がいちばん嫌なのは、社員が「それはできません」と言ってくることです。結果的にできなかったとしても、最初から「できません」と言ってしまったら、そこで思考はストップしてしまいます。そういうとき、私はこう言います。

「じゃあ、なぜできないのかをまず考えて、その上でそれをどうすればいいのかを考えてみてくれない?」

そういう目で見直してみると、そこから何かしらヒントが見つかることも少なくありません。絶対できないといっていた人が、新しい解決策を持って来たりします。

でも、何よりも強く思うのは、本気で一所懸命生きていたら、最終的に道は拓けるということです。そして、運び切れないものを、時間が運んでいってくれるということです。それは、過去に何度も危機を乗り越えてきた私の実感です。

これまで何度も社員に独立され、同業種の会社を創られました。またか、またか、またか、というくらいに——。でも、社員が全然辞めない会社がいいということもありません。企業というものは、ビジョンがはっきりしていて、企業風土が強いほど、そこに合わない人は辞めていくものだと思います。

私の会社でいえば、社員が辞めない時期は、あまり伸びない時期でもありました。海の波と同じで、表面ではガチャガチャと動きがあったほうがいいのかもしれません。そのほうが酸素が入って魚が元気になるという考え方です。良寛さんの「死ぬる時節には死ぬがよく候」ではありませんが、辞める時は辞めるのがよろしいのでしょう。企業も一つの生き物だと考えると、新陳代謝も必要です。実際、新陳代謝が活発なときほど、会社自体も活性化するのか、売り上げも上がっていました。

心臓だってそうでしょう。心電図の針は、生きている間は常に細かく上下に振れますが、それがフラットになってしまったときはご臨終です。

ですから、問題があるのが人生——私はそう思って生きています。

話し合いから始まる解決への道

禅語の中に、「泥中の蓮華」という言葉があります。

蓮華は泥水の中で根を張り花を開くけれど、その花にも葉っぱにも泥一つ付けずにあんなにも美しく咲くことができるではないか、という意味です。この言葉は俗世に生きる私たちに、泥水をかぶりながらも蓮華のごとく生きてみよ、と励ましを与えてくれます。

私は禅の精神を十年も学んできたので、泥中の蓮華とは言わないまでも、そろそろ蓮華の花のつぼみくらいにはなれたかしらと自分なりに思っていました。

ところが、先年、私にとって十八年ぶりの大きな事件が起きたところ、お恥ずかしい話ですが、私の心はまるで泥中のボウフラのように、浮いたり沈んだりするばかり——。蓮華のつぼみには遠く及ばない自分に気づいて唖然としました。

結局、そこから抜け出るのに三カ月もかかってしまいましたが、そこで学んだのは、人間が分り合うためにはやはり言葉しかないということでした。

最終的に私がその事件にどう立ち向かったかといえば、問題から逃げないで、問題の当事者と共に語り合ったということだけです。こちらには裏切られたというような思いがあり、相手にも同様の思いがある。そこに誤解があればそれを正し、知らない事情があればそれを理解したい。そのためには言葉しかないと思った私は、話し合いの場を持ちたいと申し入れをしたのです。

それまでは、私自身に非があるからこうなったのだろうと自分をひどく責めたり、その一方で、向こうに問題がなければこんなことにならなかったに違いない、と原因を相手に求めてみたりして、いつまでも静まらない感情の波に翻弄《ほんろう》されていました。

ところが話を聞いてみると、私を裏切る結果となった人の行為には、私との関係とはまったく別の事情があったということがわかりました。

相手は男性ですから、「男は黙って」というメンタリティが邪魔をするのか、ご自分からはお気持ちをなかなかおっしゃらない。いまさら話しても言い訳になるだけだから、それは潔しとしないという態度でした。

でも、やはり人間は言葉にして話してくれないと理解できないところがあるのだから、あえてそこを聞かせてほしい。そんなふうにこちらも真摯《しんし》に申し入れ、向こうもそれに応じてくれたことで、彼の置かれた状況も理解できましたし、互いの間に生まれていた誤解も解けました。

そうなったのは私のせいでもなければ、彼のせいでもない。

そして、誰のせいでもないけれど、全員のせいでもある。

世の中で起きることは、特定の誰か一人が原因ということはほとんどなく、あらかじめ図面ができている、すべてがなるようになっている、そういうところがわかってきました。

その時はつらくても、後になって振り返ると、それが自分を大きく成長させてくれる大切な体験だったと思えるような事件があります。私にとってこの事件はまさにそうでした。

以前の私は、こうした仕事をとりまく人間関係のトラブルについて、そんなことは枝葉末節に過ぎず、仕事の本筋ではないという程度の認識しかありませんでした。仕事は仕事、トラブルはあくまでトラブルで、邪魔なもの。でも、さまざまな事件、トラブル、人間関係の破綻や修復、そういうことのすべてを含めて仕事なのだということが、最近ようやく見えてきました。仕事の喜びや苦しみは、すべて私の糧になっているのです。「泥中の蓮華」にはまだ程遠いかもしれませんが、わずかずつでも成長していきたいと思っています。

㈩　「いつか幸せに」より今の幸せを

幸福感は「条件」では計れない

結局のところ、人が必死になって探し求めているものは、やはり「幸せ」ということになるのでしょう。

ところが、幸せという概念は、あまりにも漠然としているので、追い求めているうちに、自分にとって何が幸せだったのか、よくわからなくなってきたりします。

幸せは、預金通帳の残高でも計れないし、友達の数でも家の大きさでも社会的地位でも計れません。ものすごいお金持ちなのに孤独で寂しい人、社会的に成功を収めたのに不幸感にさいなまれている人を私はたくさん知っています。

わかりきったことを——と思うかもしれません。でも、幸せというものが物理的な条件を満たすことで得られるものではないということを私たちは知りながら、やはりどこかで「これを成し遂げたら」「あれを終えたら」と思って暮らしているのではないでしょうか。

もちろん、目標のために何かを我慢したり、必死で突き進むことが必要な時期だってあるでしょう。でも、それが高じると、日々の生活の中に潜んでいる小さな幸せに対して不感症になったり、遊ぶことや楽しむことに不安感や罪悪感を抱くようになってしまいます。

身近なところで振り返っても、「あの企画書を仕上げてから」「この案件を片付けてから」

と、私たちはどれだけささやかな楽しみを先送りにしていることか——。

社会の一員として、義務や責任のともなう事柄を優先するのは当然ですが、もし「やるべきことをすべて片付けてからでなければ、落ち着いて楽しめない」と思っているとしたら、その人が楽しめる日は永遠にやってきません。仕事なんてやり終えてもやり終えても次の仕事が出てきます。死ぬまで出てきて、「いったい、いつになったら幸せになれるの?」というわけです。

特に、キャリアを大切にして精進してきた女性はなおさらそうでしょうが、大抵は、仕事で成功してから、その後でノンビリしようと思っています。ある世代以上の男性は、定年になったら悠々自適の生活が待っていると信じています。でも実際には、家庭を顧みず滅私奉公して勤め上げ、いざ悠々自適に、と思った頃には、家の中での存在感がすっかり希薄になっていることでしょう。それも一因なのか、近年、定年後の離婚が増えていますが、そうなれば悠々自適どころではありません。

何かのあとに、何かを終えたら、いつか幸せがくる——。それは違います。今幸せを感じなかったら、「いつかの幸せ」なんてありません。

もう九十歳近くになられるお花の先生が、ある日私にこうおっしゃいました。

「私は六十になったら、海外旅行をしたり、趣味を見つけたりして、のんびり幸せに暮らしたいと思っていたんですよ」

その先生は、ご主人を亡くされた後、お茶とお花の先生として自立して生きてこられた女性です。

「お茶とお花のおかげで生活ができるのですから、六十まではこれを必死でやろう。ほかにやりたいことはその後で——。そう思ってがんばってきたのに、結局七十二歳まで現役で通してしまいました。でも、七十二になって海外旅行でフランスに行っても、観光バスから降りて見学するだけの体力がないんです」

と、ちょっと寂しげな、それでいて達観したような笑顔でおっしゃいます。そして、こう付け加えました。

「だから棚沢さん、人生は仕事も、そして仕事以外に自分がやりたいことも、両輪として、若いうちにやらなければだめですよ」

人生の先輩のこの言葉は、私に強い印象を残しました。後になればなるほど、より深く、より強く私の胸に響いてくるような、奥行きのある言葉でした。

幸せというものは、追求することで獲得できるものではないのかもしれません。何を手に入れても、何を達成しても、本人が幸せを実感できなければ、それは幸せではないのですから。

幸せという形がどこかに存在するのではなく、それは瞬間瞬間に訪れるもののような気がしてきました。平凡な今日一日の中に、あるいは、今の一瞬の中に、自分がそれをどれだけ見いだすことができるのか——。幸せの実感を得られるかどうかはそこにかかっているのかもしれません。

幸せを感じる能力さえあれば

大病の経験から、健康であることへの感謝を知った私は、世の中のすべてに対して、以前と違った見方ができるようになりました。

冬の枯れ野で風に吹かれる一本の草、春の陽だまりに羽を休める蝶、熱く乾ききったアスファルトをたたく夏の雨、秋の訪れを知らせる虫の声――。

自然界に存在するどんな小さなものにも生命の神秘を感じ、大いなるものへの感謝の気持ちでいっぱいになります。昔はただの音でしかなかった虫の声も、私には喜びや哀しみを映し出す言葉として響いてきます。

そんな時、私の胸の中に柔らかく温かなものが込み上げ、自分が今ここに生きていられることが、とても幸せなことに思われるのです。

私がもし、人より幸せを感じる能力に長けているとしたら、それは筋無力症を患わせていただいたおかげです。

生きていくための呼吸一つひとつが苦しかった当時のことを思うと、何の苦労もなく息をしているだけでもありがたく感じます。心臓が二十四時間止まることなく動いているだけでも、奇跡のように思えます。

だから私は、毎晩、「今日一日、ちゃんとものが見えました、〝目〟さんありがとう」「耳も聞こえて、ありがたいです」「鼻さん、どうもありがとう」と、身体の全ての部分、そして世の中のすべてに感謝を捧げてから眠りにつきます。

すべてのものへの感謝を一言で唱えることができるのが、仏教でいう、南無阿弥陀仏や、南無妙法蓮華経なのだそうですね。毎朝お経をあげるのは、毎朝初心に戻るということだと聞きました。私は禅の精神を学んではいるものの、特にどの宗派にも属しておらず、基本的には無宗教です。けれども、私がいつからか身につけてしまった眠る前のこの習慣が、お経を唱えることと、本質的なところでどこか共通性があるように感じられるのは不思議ではありません。

自然の恵み、そして生命の営みは、私にはどれもこれもが感謝の対象です。

心臓の鼓動――機械のように時々油を差したりメンテナンスをしなくても、毎日毎日休むことなく動き続けるこの不思議さ。

呼吸――植物が吐き出す酸素を人間が吸い、人間が吐き出す二酸化炭素を植物が利用するという自然界のメカニズムへの驚き。

太陽の輝き――植物を育てるその日射し、そして生物が生きられる環境を保ってくれる太陽熱。

ダイビングで使う酸素ボンベで一生涯を送るとしたら、金額にして数十億円にものぼりますし、あれだけのエネルギーを送ってくれる太陽から、請求書が届いたなんて話は聞いたことがありません。それらすべての恩恵を当たり前のように受けとっていること自体が私にとっては奇跡であり、感動です。

先日、大峯山に登った時も、奇跡のように思える体験がいくつもありました。まず、ロサンゼルスから帰国した翌日、急遽出かけたというのに全然疲れなかったこと。そして、厳しい岩場も体がフワフワと浮きあがるかのように登ることができて、地下足袋がまったく汚れなかったこと。ある方から「あなたは先祖の霊が多いので、霊たちが持ち上げてくれたのでは」と言われたほどで、一緒に登った人たちの地下足袋はまっ黒でしたから、それは見事に不思議な体験でした。

それに、吉野の桜。吉野といえば上千本、中千本、下千本と呼ばれる何万本もの桜があり、満開の時期はきっと素晴らしい眺めだったでしょうに、残念ながら私たちは開花の後に訪れたのです。確か「見えないつぼみに感謝する」と詠んだ歌がありましたね。私も、花がなくても咲いている時をイメージできる感性を持つ人間でありたいと、常々願ってはいるのですが。

ところが、東京に戻って二、三日経った頃でしょうか、普段めったに見ないテレビをつけたら、ドキュメンタリー番組で画面いっぱいに吉野の満開の桜が映し出されていました。「このあたりの眺めは、桜が咲いたらこんなふうになるのかしら?」と、私が想像していた通りの景色がそこに広がっています。開花を見ることがかなわず帰京しても、何かが私に満開の桜を見せてくれる、テレビを見る習慣のない私にとって、これは偶然というより奇跡に近い――そう感じました。

もちろん、たかが偶然、と思うこともできるでしょう。でも、その偶然に驚き、喜び、そこに何か意味を見出して感動する人のところに、偶然は重なって起きるのではないでしょうか。奇跡も感動も、喜んでくれる人のところへ行くのではないかと私には思えます。そして、その小さな一瞬一瞬が幸せなのではないかと私は思うのです。

生きる意欲をなくしているあなたへ

何が原因なのでしょうか、最近、生きづらさを感じている人が増えていると聞きます。私から見ればまだ十分に若く、健康にも恵まれている人が、「なんとなく虚しい」とか「生きている実感が希薄だ」とか言うのを聞くと、胸が痛みます。親子の問題、夫婦の問題、学校の問題、社会の問題、理由はいろいろあるのでしょう。複雑になり過ぎた世の中で見えない敵と戦いながら、癒えない心の傷を抱えて生きていくことに、すっかり疲れ果ててしまったのかもしれません。

でも、何度も死の淵をさまよったあげく、再び「生」を与えられた私には、やはり「若く健康な体を持ちながら、なぜそんなに心が干からびてしまったの?」という思いが残るのです。

身体の健康だけが健康ではないのだとつくづく思います。「生きているのが虚しい」などと聞くと、私の叔母が死んでいった時の言葉を思い出してしまいます。ベッドに横たわり、今際(いまわ)の際で、「早く良くなって、あなたのために何かしてあげたいわ」と、叔母は私に言ったのです。

あなたにあげたい着物もたくさんあるの。だから、早く良くなって家に帰らなくては、と。身体はすっかり病魔に蝕まれ、命の灯火が消えかかっているというのに、まだ人のためになろうとしている、そして、周囲に愛と感動を分け与えてくれる、そんな人を病人とは呼べないと思いました。

その一方で、体は健康でも心を病んだ人がどれほどたくさんいることか——。

今の世の中は、不況の問題一つとっても、物理的に大変な状況にあることは確かでしょう。心の荒廃を招くような事件が続発する社会の状況もそれに加われば、希望を失ってしまったり、ぼんやりと死にたいような気持ちを抱いてもおかしくないのかもしれません。

でも、同じ状況のもとでさえ、楽しさを見出せる人もいるのです。その違いはどこにあるのかはわかりません。ただ、一つ私に言えるのは、一度ドスンと落ちてしまえば、あとは浮上するしかないということです。

筋無力症を体験するずっと以前の段階から、私の中に原体験として残っている、ある出来事についてお話しましょう。

小学校一年生の時、家族で海へ行った際のことです。その頃私は泳げませんでした。教育熱心で少々スパルタ的なところのある父は、ボートの上で私の体を持ち上げると、ザブンと海へと落としたのです。泳ぎを知らない私は必死でもがくしかありません。もちろん父は、溺れる前に手を差し伸べて、またボートへと引き上げてくれました。そしてまた、海へ私を落とすのです。そうやって水に慣らし、体で泳ぎを覚えさせようとしたのでしょう。私は水と格闘しつつ、溺れそうになるたび、父に助けられました。

そして何度目かの時、自分から飛び込んでみたのです。ところが今度は、大きく荒い波がやってきて、あっという間にさらわれてしまいました。体ごと運び去ろうとするものすごい力に、私はなす術もなく、あるのは「自分は溺れて死んでしまう」という思いだけ――。波に飲み込まれつつ、自分が下へザーッと落ちていくのを感じました。

落ちるところまで落ちると、足の先に何かが触れました。砂浜の感触でした。海の底です。不思議と波一つありませんでした。

私はそれを、足で「ボン!」と蹴った時のことを、今でも鮮明に覚えています。瞬間的というか、本能的な行動でした。そして、砂浜を蹴ったとたん、私の体はいとも簡単に上へ上がっていったのです。

その時の感覚はずっと体の芯に残っています。その感覚は、「どん底まで沈めば助かるものがある」という確信を、今も私に与えてくれます。ある意味では、その後の私の生き方にまで影響を与えるような、非常に象徴的な体験でした。

そして、大人になってこの体験を振り返ったときに、もう一つ気がついたことがあります。それは、もし海に波の一つもなければ、酸素も十分に入らないから魚だって生きられない、ということです。

海の荒波も人生の荒波も同じです。生きていると、上辺ではいろいろな波、風が起こるでしょう。でも、根っこのところさえ揺がないものがあれば、生かしてもらえるのです。

そして、波にもまれたら、どん底まで落ちてしまうのもいい。底まで落ちたら、あとは浮上するしかないのですから。

悩んでいる人には、少々乱暴な言い方に聞こえるかもしれませんが、中途半端な悩みだからいつまでも悩むのです。たとえば、辛くて死にたいと思っても、自殺まではできないでしょう。私も死にたいと思ったことが何度もありましたが、やはり死ぬことはできませんでした。そういう時はどんどん落ち込めばいい。無一物になったって、今の日本では死ねません。生活保護を受けたって、何をしたって、生きていかれる世の中です。そして、どん底まで落ちて、メタメタになったとき、初めて見えてくるものもあるはずです。自分が何のためにこの世に「生」を享《う》けたのかに気づくのは、そういうときではないでしょうか。

先のことが不安でたまらないあなたへ

この本の冒頭で、私は「悩みは三つしかない」ということを述べさせていただきました。過去のことや他人のこと、ましてや自然界の異変など、自分ではどうにもならないことでくよくよしてもしかたがない、と書きました。そして、変えられないことよりも、変えられることにエネルギーを注ぐべきだ、と――。

そんな私の意見に共感してくださっても、やはりすべての悩みは消えないと人は言います。「変えられないものは受け入れよう」というところまでは悟ることができても、最後まで残る悩みがある、と言います。

それは、将来への不安です。

確かにテレビを見ても新聞を読んでも、人を憂鬱にさせるような陰惨な事件ばかりが続くこの時代、社会不安は募る一方です。そして長引く不景気――。

未曾有の不況下にある今の日本で、先のことを憂い、漠然とした不安感に悩まされている人はたくさんいることでしょう。

でも、私の経験から言えば、自分の抱いていた不安の十分の一も実際には起こらないというのが現実です。

私にも不安で押しつぶされそうになった経験はたくさんあります。その最大のものは、筋無力症を患っていた時、眠りについたらこのまままもう目覚めないのでないかという不安です。ところが翌日もちゃんと目覚めるし、相変わらず太陽も昇っています。

将来をネガティブに思い描いてくよくよ生きても、結局は何も悪いことは起こらないかもしれないのですから、暗い気持ちで今を過ごしてしまうのはもったいないと思うのです。

過去のことを「持ち越し苦労」するのが無駄なように、未来のことを「取り越し苦労」するのはエネルギーの空費ではないでしょうか。思い煩っていても、どうしたって来るものは来るし、来ないものは来ないのですから——。

不安に対処するための、シンプルな方法を一つお教えしましょう。

行動すれば不安は消えます。

行動しないからいつまでも不安なのです。

私は、眠ったら二度と起きられないのではないかという不安に悶々としながらも、いざ眠ってしまえば翌日も目を開けている自分をそこに発見できました。眠るという行動を通してしか、「眠ったらどうなるだろう」という不安は解消されないのです。

私の不安は回復後もしばらくなくなりませんでした。死への恐れに苛《さいな》まれて、目を閉じることが怖くてたまらない状態が、十年くらいは続きました。でも、繰り返し恐れ、繰り返し目覚めることのできた自分を確認する中で、不安は癒えていったのでしょう。

筋無力症の金縛り状態は、まるで悪夢のような体験だったので、私の体の中にその時の恐怖感はまだ残っています。数十年経った今でも、「もし、また体が動かなくなったらどうしよう」と、当時の不安がよみがえってくることさえあります。

でも、私はこの不安と長い時間を一緒に旅してきたからこそ、不安というものを上手に扱えるようになったのだろうと思います。不安をなだめたり透かしたりしているうちに、不安のほうも意地悪でなくなり、仲のよい友達のようになってしまいました。少しは私の努力を認めてくれているのでしょうか、不安は今では、私を勇気づけるエネルギーにさえなってくれています。

日一日を精一杯生きること。

現在の私にそれができているとしたら、それこそは不安の恵みと言えるでしょう。

「今日しか生きられないかもしれない」

「明日はもう目覚めないかもしれない」

その不安によって、「生きる」ことへの愛しさ、「生きる」ことへの貪欲とも言える情熱が掻き立てられ、その不安のおかげで、この地球上の生きとし生けるすべてのものに共感し、感謝する気持ちがわいてきたのですから。

不安や悩みは、そのことを恐れる人を苛みます。考えれば考えるほど、悩めば悩むほど、忘れたいと思えば思うほど、追いかけてくるものです。私は迷いが生じても、そこに気をとられないようにすることにしました。決して忘れてしまおうというのではなく、自分の体の中にネガティブな思いを留め置かないようにと訓練したのです。すべてをあるがままに、そして素直な気持ちで受け入れること。すると敵の姿が見えてくるものです。敵は常に、自分の心の中に棲んでいるだけなのです。

あなたのために誰かが扉を開けてくれる

行動を起こせば不安は消えるとお話ししました。

行動すれば、不安も悩みも吹き飛びます。

反対に言えば、何で悩んでいるのかというと、行動を起こしたくないからではないでしょうか。少なくとも、私はある状況下に置かれたときの自分の心理状態をそう分析しています。

「どうしようか、悩んでいるのよ」

「今はまだ、考えているところなの」

そう言って、行動を起こさない自分を正当化しているわけです。行動したくないとき、そして行動に移すまでの猶予期間がほしいとき、きっと私は悩んでいるフリをするのでしょう。なぜって、悩みが解決して方針が決まってしまえば、あとは実際にそのように行動しなければならないわけですから。

禅の中にこういう言葉があります。

「動中の工夫、静中の工夫に勝ること百千億倍」

静かに工夫するより、動いて工夫したほうがいい、悩んでいるよりも行動するほうが百千億倍の価値がある、そんなふうに理解していただけたらいいでしょう。人間は下手に知恵があるだけに、あれこれと考えます。考えているうちに、迷いや妄想が生まれてしまうのです。でも、すべての工夫は行動する中で生きてくるのではないでしょうか。

何だかグズグズと理屈をつけて動き出せない時、こんな一言に出合うとドキッとさせられませんか？　そして、何だかこうしてはいられない、よしやってみよう、という気分に駆り立てられませんか？　言葉というのは本当に不思議な力を持っています。

そう、こんな言葉も思い出しました。

先日、ロサンゼルスに行った時、映画業界で活躍しているメーキャップアーティストで、六十七歳になられる日本女性にお会いしたのです。その時、彼女が教えてくれた言葉です。

「ノック・ザ・ドアー、ゼン・サムバディ・オープン・フォー・ユー」

どこからか、勇気がわいてきませんか？

あなたも早速扉を叩いてみてはいかがでしょう。

きっとそこには、あなたのために扉を開けてくれる誰かがいるはずです。

おわりに

私は筋無力症の時に、何度かあの世に連れていかれそうになりました。

白いコデマリが美しく咲き乱れる中を宇宙遊泳をするように浮かび、本来無一物となって上がっていく私。

とてもいい気分です。

でも、もう少しで素晴らしい場所にたどり着けるというところで、私はいつもこの世に引き戻されてきました。

ですから、私は死んでいくのもまた楽だということを体で知っています。

むしろ生まれてくる際の闘いこそ、人間が一生の間に体験する中で、もっとも危険で苦しいものだと聞いたことがあります。

そのせいでしょうか、赤ちゃんはみんな泣きながら生まれてきます。笑って生まれてくる赤ちゃんを見たことありません。

誕生という一番大きな苦しみをすでに乗り越え、死んでいくことが苦ではなく楽なのだとしたら、後は不安に思うことは何もないのです。

私は、死んでいくとき自分で「ご臨終です」と言い、棺おけの蓋を自分で開けて入るような最期が望みです。

そして、子供二人にはこう言うつもりでした。

「遺産相続で揉めないように、金庫の中に太田胃酸、中外胃酸、常盤胃酸、いろいろ取り混ぜ入れておきました。遺書も書いていきます」

でも、一度、子供にここまで言いかけたら、

「お母さんが遺書に書く文句はもうわかった。『胃酸（遺産）過多だったかしら』って書くんでしょ」

と、すぐにオチを見抜かれてしまいましたが——。

ホテルの部屋を一部屋借りて、着替えは二枚だけ。そして無一物になって死んでいく——。

私はそんな最期を迎えたい。

もちろん、いざとなった時のことは、誰にもわかりません。

死に際になると、豊臣秀吉みたいに物に執着したり、子供に執着したりするのかもしれません。

でも今は、無になって死んでいくことを私は望んでいます。それが禅の生き方だと思っています。

そのときが来るまでは「一日一生」という心持ちで、一所懸命に生きるだけです。

「一日一生」というのは、上杉謙信が好んだ禅の言葉です。

今日一日しかないと思ったら、必死で生きます。

今日で死ぬと思ったら、お母さんにありがとうと素直に言えます。

今日までの命と思ったら、明日にまわそうと思ったことも今できるでしょう。

今日が最後の日だと思ったら、何でもできるのです。

よく、煙草をやめようと決めた人が「明日から禁煙しよう」と言いますね。でも、「明日から」ではだめなのです。「今日一日だけ吸うのをやめよう」と思った人が禁煙できるといわれています。明日になれば、また「今日一日だけ」やめる。それができなければ、禁煙一つできません。

今日一日、そしてまた明日になれば、今日一日——。

密教では、最終的に自分はどんな人生を終えたいのかをイメージして、今日、そのように行動する、という教えがあるそうです。社会に貢献したい、人に優しくしたい、それぞれいろいろな思いがあるでしょう。そこに向かって一歩一歩登っていくのではなく、いきなり富士山の頂上に立ったつもりで生きるのです。頂上から今の自分を眺めれば、どこへ進めばいいのかわかるでしょう。

自分が死んでいくその日がどんな日であってほしいのか、それが見えたら今日どう生きるかが見えてきます。

私の人生、こんなはずではなかったと思い残したくない。

最後にありがとうと言える自分でありたい。

その日がやってきたとき、これまで生かされてきた自分の命に感謝できるような生き方をしたい。

だから私は、今日一日を一生と思って、一日一日を大切に生きていきたいと思うのです。

（了）

棚沢青路さん——
心に太陽をもって　まわりを照らす人

——推薦します——

㈠　人生百年、善い事をしよう

人生百年、三万六千五百日を、どう生きるか、迷うことがしばしばあります。昨日はハッピーでも、今日はアンハッピーな時があるものです。

人生は容易なものではありません。去年タイ国へ心の旅をしました。棚沢青路さんが団長で総勢四〇名、各社のトップの方々ばかりです。

タイ国においでの特命全権大使・太田博氏のご厚意で一日、タイ国仏教界の最長老・ワットチャンプラターンのバンヤー老師にお目にかかることができました。

大悟徹底された老師は、温顔悠々として私たちを迎えてくださいました。

そのお話の中で私たちは大きな感銘をうけました。

「人間は生まれた時は裸ですね。死ぬ時も裸です。それなのに、あれもほしい、これもほしいと、欲望に振り回されて、心の安らかなときがありません。

ここで自分の生き方を見直したらどうでしょうか。

自分にとってできる範囲でいいです。周りの恵まれない人々のために、力を貸してほしいのです。皆さんは、勤勉で〝奇跡の復興〟を遂げ、輝いています。

生きている間は短いものです。人生の中で悪事は行わず、善事を為すように心掛けてください。

あなた方はみんな素晴らしい方々です」

じっと耳を傾けているうちに、自分の生き方があまりにも貧しいことに気がつきました。涙があふれて止まらなくなってきました。

棚沢青路さんもしきりにうなずいて、ハンカチで目からあふれでる涙をぬぐっていました。

(二) 今日よし、明日もまたよし

棚沢青路さんは、難病体験の中から、「女性の生きがいを創造しよう」と、事業を興された方です。創業者です。

自分の人生をどうするか、どう生きていけばよいかを、自分で実践し、その中から築いてこられました。

「今日もよし　明日もまたよし　明後日も　よしよしよしと　暮らす一日」

棚沢青路さんは、明るく前向きです。どんなことがあっても、明るくユーモアをもって乗り越えておられます。

「私だって人間ですもの。仕事のことが気になって、まったく眠れないことだってあるんですよ」

そうかも知れませんが、私たちにはまったくわかりません。お腹の皮がよじれて苦しくなるほど、ユーモアたっぷりのジョークで爆笑の渦を作ってくれます。

どんなに落ち込んでいる人でも、棚沢青路さんがその姿を現わすと、悩んでいることを忘れて、笑い転げています。

(三)　青路さんは不滅です

今年の夏、ヨーロッパへ二〇名の仲間たちと心の旅をしました。台風も過ぎて、大空へ飛び立ちました。幸せなことに、光栄にも、シートがお隣でした。

飛行機が安定すると、棚沢青路さんが真剣な顔で私に話しかけてこられました。

「先生、本当のことを言ってください」

私はドキンとしました。真剣そのものの声でした。

「先生は、ご自身、今何歳だと思って生きておいでですか。正直に言ってください」

私は咄嗟《とっさ》に答えました。

「二十七歳です」

「そうですか。私は今、十八歳を生きていますのよ」

この確信に満ちた力強い一言こそ、棚沢青路さんの命です。

私は無意識のうちに「二十七歳です」と正直に申しましたが、人生、生きている限り、青年の心で若々しく明るく希望をもって生きていくことの大切さを、大空の雲の上で教えてもらいました。

いい旅になりました。この人生もいい旅になるよう努力していこうと思っています。

わが心の太陽
棚沢青路さん
十八歳よ
永遠なれ
青路さんは不滅です。
　いつもパワーをありがとう。

二〇〇一年一月吉日

現代禅研究所理事長　赤根祥道

著者プロフィール

棚沢青路（たなさわ　あおじ）

明治大学経済学部卒業

昭和52年6月、株式会社エレガンスを設立する

女性の地位向上に力を注ぎ、化粧品、洗剤、健康食品などの販売で全国にネットワークを築いている

女性が自ら輝いて生きることを提唱し、それを経営理念に据えて、現在、株式会社エレガンス、株式会社プリオール、製造会社、物流会社など5社を経営している

経営学を一橋大学名誉教授の故山城章先生に学び、現在は禅の心を経営に生かすということで、現代禅研究所理事長である赤根祥道先生に師事し、自らも終身理事を務めている

愛を夢のままで終わらせない
－働くすべての女性にささげる応援歌－

2001年2月15日　初版1刷発行

著　者　棚 沢 青 路
発行者　瓜 谷 綱 延
発行所　株式会社　文芸社
〒112-0004　東京都文京区後楽2-23-12
電話　03-3814-1177（代表）
03-3814-2455（営業）
振替　00190-8-728265
印刷所　東洋経済印刷株式会社

ISBN 4-8355-1531-5 C0095